クライブ・カッスラー

&グラハム・ブラウン／著

土屋 晃／訳

地球沈没を阻止せよ(上)

The Rising Sea

扶桑社ミステリー

1640

クライブ・カッスラー
& グラハム・ブラウン／著
土屋 晃／訳

地球沈没を阻止せよ（上）

The Rising Sea

扶桑社ミステリー
1640

地球沈没を阻止せよ（上）

登場人物

カート・オースチン——国立海中海洋機関《NUMA》特別任務部門責任者

ジョー・ザバーラ——同海洋エンジニア

ポール・トラウト——同深海地質学者

ガメー・トラウト——同海洋生物学者

ルディ・ガン——NUMA副長官

ウォルター・ハン——産業技術有限公司社長

ガオ・ジン——同技師

ウェン・リー——中国の政治家

牛鬼——殺し屋

フジハラ・ケンゾウ——日本の地質学者

アキコ——ケンゾウの弟子

ナガノ——警視

血と鋼

一五七三年冬
日本中部

地鳴りのような騎馬隊の突進につづき、高原で相まみえた両軍の間に刀を切り結ぶ音が響きわたった。

馬上の占津《しめづ》与四郎《よしろう》の戦いぶりは力と気品のみなぎるものだった。拍車を使わずに愛馬を自在に駆り、刀を振るった。武士は拍車を使わない。

与四郎は幅広の大袖《おおそで》、重い籠手《こて》、前立《まえだて》に鹿角《かづの》をあしらった兜《かぶと》と、色鮮やかな具足を身にまとっていた。唸《うな》りをあげる刀の刃が、あらゆる光を受けて燦《きら》めいた。

手首を振って至近の敵の武器を払った与四郎は、返す刀でつぎの相手の刀をまっぷたつに折った。その武士が退《ひ》くと、第三の敵手が槍《やり》を突きかけてきた。槍の穂先が脇《わき》腹《ばら》を刺したものの、鱗《うろこ》状に重ねた腹巻のおかげで深手はまぬがれた。与四郎は振りかえりざま打ちおろした刀で相手を斬《き》り殺した。

一時の間を利して、その場で馬の向きを変えた。主《あるじ》と揃《そろ》いの馬鎧《ばとう》を付けた与四郎の愛馬は竿立《さおだ》ちすると、前肢《ぜんし》を蹴《け》って飛び出した。

鉄を履いた蹄《ひづめ》に顔をつぶされた敵のふたりが、血まみれになって地面に倒れた。そして三人めを殪《たお》したが、すでに四方は敵兵に囲まれていた。

与四郎は馬を回そうとしてもどした。彼が挑んだ内府は圧倒的な軍勢を率いている。戦《いくさ》は予想どおりの展開となり、与四郎は敗北の縁《ふち》にあった。

ならばひとりでも多くの敵を道連れにと、与四郎は近くの集団に突っかけたが、相手方は守りの態勢にはいって楯《たて》を掲げ、長槍を向けてきた。馬を転じて別の一隊をめざすと、こちらも槍の森の背後で身を護《まも》ろうとした。

むこうはこちらを捕らえる気でいる。内府は面前で私に切腹を命じるつもりなのだ。そんな最期に甘んじるわけにはいかない。

あちらこちらに馬を駆ったが、そのたび足軽《あしがる》は退いてしまう。与四郎は手綱《たづな》を引いた。愛馬を無駄死にさせる気は毛頭なかった。その美しい獣こそが、自分にある唯一の強みなのだ。

「出会え！」と彼は小刻みに向きを変えながら呼ばわった。「勇気ある者は出会え！」

空を切る唸りが耳に届いた。与四郎はすばやい反応で身をかわすと、飛んできた槍を刀で受け、木の柄《え》を断った。二分された槍は地面に落ちた。

「攻めるでない！」足軽隊の背後から声があがった。「彼奴《きやつ》の首は儂《わし》が取る」

その命令に兵士たちは居住まいを正し、騎馬を迎え入れるべく円陣の一方を開いた。

与四郎は絹で飾られた馬の姿と、金の胴と翼の前立をそなえた兜を目にした。ついに内府が闘いに現われたのである。

「樫元！」と与四郎は叫んだ。「おまえに、この私と刀を交える度胸があったとはな」

「裏切り者の始末を他の者にやらせるわけにはいかん」と樫元が口にして抜いたのは、身が厚く黒光りする刀だった。「おまえは君主たる儂に忠義を誓った。謀反《むほん》をくわだておって」

「民を護ると誓ったおまえが、民を殺して土地を奪うのか」

「儂の力は絶対だ」と内府は吼《ほ》えた。「民にも、おまえにも。すでに已れのものなら奪うでもあるまい。だが、慈悲を乞《こ》うつもりなら情けをかけてやる」

内府が口笛を鳴らすと、捕虜が前に連れ出された。幼い少年がふたり、少女がふたり。座らされた四人の背後に、内府の配下が短刀を手にして立った。

「囚人は千を下らぬ」と内府が言った。「おまえの手勢を蹴散らして、もはや儂と村をさえぎるものはない。おまえが屈して自ら腹を切れば、捕虜を殺すのは半分にして村を残してやろう。だが、あくまで争う気なら、女子どもまでひとり残らず皆殺しにして村を焼き払ってくれる」

この成り行きを与四郎は予期していた。が、内府の家臣団の内には主君の残虐さに閉口し、それがいずれ自分に向けられるのではと訝《いぶか》る者も少なからずいる。一縷《いちる》の望みがあるとすればそこだった。いま、この場で内府を殺すことができれば、より賢明な動きが出てくる可能性もある。ようやく和がもたらされることになるかもしれない。

与四郎は機をうかがった。狡猾《こうかつ》な戦士で力強く、知略も有している内府だが、その身や鞍下《くらした》には血や汗や泥を浴びていない。彼が命懸けで戦っていたのははるか昔のことなのだ。

「返答はいかに?」

与四郎は馬の腹を蹴り、燦めく太刀《たち》を振りかざして前方に出た。

内府の反応は遅かったが、きわどく攻めをかわすと与四郎の左側を駆け抜けた。位置を替えた両者は馬を返し、ふたたび突進した。今度は騎馬どうしが円陣の中央でぶつかり合い、その衝撃に双方とも体勢をくずした。乗り手は地面に投げ出された。

先に起きあがった与四郎は鋭い突きを出した。

それを避《よ》けて横っ飛びした樫元だったが、与四郎は反転して刀を振りおろした。

刃が当たるたびに火花が散った。盛りかえした内府の下から払った一刀が与四郎の兜を断ち、頬《ほお》を深く抉《えぐ》った。与四郎の反撃によって樫元の大袖が片方飛んだ。

憤怒《ふんぬ》と痛みに駆られた内府は、すさまじい勢いで刀を振りまわした。

与四郎はその攻撃にたじろぎ、体勢をくずしかけた。喉《のど》もとを狙《ねら》った内府の太刀は、胴と首とを切り離してもおかしくない一撃だったが、与四郎はそれを刀の側面でかろうじて受けとめた。

この衝撃により折れて無用の物と成り果てるはずの与四郎の刀は、相手の攻めを撥《は》ねのけていた。

逆襲に出た与四郎は樫元の胴をめがけ、太刀を強く袈裟《けさ》に払った。鋭い切先が塗りを施した鉄板と皮革を貫き、内府の腹部から血が流れ出た。

集まった兵たちが息を呑《の》んだ。樫元は脇腹を押さえて後ずさると驚いたように与四郎を凝視した。「きさまの刀が無事で、儂の鎧《よろい》が濡《ぬ》れ雑巾《ぞうきん》のごとくひしゃげるとは。その理由はひとつしかない。噂《うわさ》のとおり、きさまは名にし負う刀工、正宗《まさむね》の太刀を持っているのか」

与四郎は輝く刀を掲げてみせた。「この刀は先祖伝来のもの。優れた匠《たくみ》の手になるまたとない逸品じゃ。おまえの卑劣な人生を、これで終わらせてくれるわ」

内府は兜を取って息を継ぎ、さらに目を凝らした。「たしかに立派な太刀よ。死んだきさまの手から奪ったら大切にしてやろう——だが儂の刀のほうが優れておる。血に飢えた刃だ」

与四郎は内府が握る刀剣に見入った。やはり優秀な刀鍛冶《かたなかじ》で、名高い匠である正宗の弟子、村正《むらまさ》の作であった。

ふたりの刀工の間には激しい葛藤《かっとう》があって、村正は己れの鍛えた武器に、かつての師にたいする嫉妬《しっと》、憎悪、邪念を注ぎこんでいたとされる。村正が征服、破壊、死を招く武器ならば、一方の正宗は正義を支え、平和をもたらす具であった。

伝説とはいえ、そこにはいくばくかの真実もあったのである。

「そんな邪《よこしま》な剣をたのみにしても、身を亡ぼすだけだ」と与四郎は警告した。「きさまの素っ首を落とすまでは、そんなこともあるまいて」

傷を負い、息を乱しながら、ふたりの将はおたがい回りこみ、最後の打ち合いの機をうかがっていた。足を引きずる与四郎、血を流す樫元。いずれどちらかが斃《たお》れるのだ。

与四郎としては果断に動かなくてはならない。もし的《まと》をはずせば樫元に殺される。また半端な一撃を見舞うと内府は怯《おび》えて退散し、部下に号令をかける。そうなったら、いくら名刀がその手にあれど生き延びるのは不可能だろう。

必要なのは雷光のごとき一撃だった。内府を一瞬の攻めで殺すのだ。

見るからに足の運びを乱し、与四郎は動きを止めた。片足を前、片足を後ろに置いて脇構えをした。

「疲れたのか」と内府が言った。

「試してみろ」

内府は受け身の姿勢を取った。餌《えさ》には掛かりそうになかった。

動かねばならない。与四郎は驚くべき速さで前方に飛び出し、大袖を翼さながらに翻《ひるがえ》した。

間合いを詰め、内府の首をめがけて刀を突いたが、樫元はその攻めを籠手で防ぐと自身の剣を打ちこんだ。

腕を斬られた与四郎は激痛にかまわず、身体を一転させて新たな攻撃に移った。

相手の攻めを受けて、内府は思わず後ろへよろめいた。右に押しこまれて左にもどったものの、ふたたび右に押された。脚がふるえていた。息も乱れていた。

攻め切られ、倒れた内府の傍《かたわ》らには若き捕虜がいた。必殺の一撃を見舞おうとする与四郎にたいし、内府はその子を楯にした。

すでに与四郎は攻めの体勢にはいっていたが、彼の剣は内府の首も、子どもの首も捉《とら》えなかった。そのまま下ろされて内府の足首をかすめ、踏み荒らされた軟《やわ》な土に突き刺さった。

刺さった刃が抜けないその刹那《せつな》が、樫元にとっては充分の間となった。子どもを脇に放ると、両手で柄を握った刀を与四郎に向けて一閃《いっせん》した。

与四郎は首を斬られて絶命した。首のない武者の身体がその場に倒れた。だが、死はまだ終わりを迎えてはいなかった。

樫元はしゃがんだ姿勢から飛び出していた。足を送る際、与四郎の最後の攻めにやられた足首が萎《な》えた。倒れまいとたたらを踏み、手を突こうとしたせいで刀の切先が自分のほうを向いた。

刀は与四郎が斬り裂いた鎧の胸前からはいり、心臓を突き抜け、内府を立ったまま串刺《くしざ》しにした。

絶叫するかのごとく開いた口からは、声が洩《も》れることはなかった。その身体を支える刀身の反り伝いに血が流れていた。

闘いはこのようにやみ、戦は終熄《しゅうそく》した。

内府の配下は心身とも消耗していたうえに、いまや主も失った。進軍をつづけて村を焼き払うことなく、味方の亡骸《なきがら》を集め、輝く正宗の剣と弟子の村正の手になる血塗られた刀を持ち去った。

以来、この戦いは噂に噂を呼び、やがて想像を超えるほどの尾ひれをつけていく。

与四郎の刀は、後に日本一の刀鍛冶による名作、〈本庄正宗〉として知られることになった。折れることなく、それでいて空を切る際には半円にしなるとされた。刀身の内側から光を放ち、敵を眩惑《げんわく》すると評する者があれば、その研《と》ぎの見事さから構えたときに光が虹色《にじいろ》に分散し、与四郎の姿を消し去るとも言われた。

翻って、内府の妖刀がそこまで名を馳《は》せることはなかった。もとは炭の色だったものが、樫元《かしもと》の血に浸《ひた》ってからは余計に黒ずみ、赤みがかった色合いを帯びたとされ、〈深紅の刃〉と称されるようになった。歳月を閲《けみ》するうちに、その伝説は独り歩きしていく。これを所持した人間の多くは莫大《ばくだい》な富と権力を手にするようになった。そして悲惨な末路をたどった。

どちらの刀も武士の手から手に受け継がれ、領主の間を転々とするうちに日本の国宝とされていく。有力大名が所有することで崇拝の対象ともなったが、やがて第二次世界大戦後の混乱のさなかに忽然《こつぜん》と姿を消してしまったのである。

蛇の顎《あぎと》

現在から一二カ月まえ
東シナ海、上海から九〇マイル沖

灰色の潜水艇が水中の楽園をゆっくり走っていた。上からは陽光が射してくる。藻《も》場《ば》が潮に揺られ、ありとあらゆるサイズと形の魚が動きまわっている。遠く蒼海《そうかい》に映る不吉な影は無害なジンベイザメで、プランクトンを一気に吸いこもうと口を開いた。潜水艇の艇首にある指揮官席から、チェン博士はさまざまな生物の営みに目を瞠《みは》っていた。

「〝蛇の顎〟に接近中」隣りで女性の声がした。

チェンはその情報にうなずきながらも、外の世界に目を向けていた。このあと一カ月は自然光を拝めそうにないので、じっくり味わっておきたかったのだ。

しばらくつづいた藻場が、サンゴ礁《しょう》とV字の谷に変わった。最初はほんの切れ目程度の谷は先へ行くにしたがって広がり、上から見ると開いた口のような形になる。

〝蛇の顎〟

谷の上を進むにつれ、海底は急激に落ちこんでいく。

「潜れ」とチェンは命じた。

操縦士の正確無比な操作によって、物資でほぼ満載の潜水艇は艇首を下げ、険しい壁面をもつ谷のなかへと沈んでいった。

五〇〇フィート潜ると光が見えなくなった。九〇〇フィートまで行くとふたたび明るくなった。ただしこちらは人工の光で、谷の側壁に固定された居住施設から洩れてくるものである。

小ぶりの施設と、その下にはいくつも連なる追加モジュールがあった。それらがつづく谷底には、地面にもぐるパイプとチューブ類が見えた。

「ドッキングの操作は任せたぞ」とチェンは言った。

「もちろん。ご覧ください」

チェンは初めて操縦士のことをじっくり目にした。つぶらで表情豊かな瞳《ひとみ》、滑らかな肌、プラム色の唇。可愛らしい顔をしているが、設計者は彼女に髪の毛の一本もあたえず、しかもその機械仕掛けをところどころで丸見えにしていた。

チタンの骨に、胴体と両腕のつなぎ目で光沢を放つギア装置。小さな油圧ポンプとサーボ機構にはワイアが血管さながらにつながれ、それらが人間らしい曲線に成形された白いプラスティックパネルの裏に隠れている。

ボディのパネルは彼女の胸と腹部、それに太腿《ふともも》を覆っていた。腕にも同様のパネルが使用されていたが、やはり手首までだった。手指は純然たる機械でステンレス製、力強く精密な指先にはつかむ能力を向上させるためのゴムが巻かれている。

チェンはエンジニアとして、機械である彼女のフォルムに感嘆した。また人として、人間美の追求には敬意をいだいた。とはいえ、ここまで可愛い顔とやさしい声、魅力的な外見をあたえておきながら、製作者が仕事を完成させなかった理由が解せなかった。彼女は人間と機械の中間のままで放置されている。

哀れだ。

覗《のぞ》き窓に目をもどすと、低速で動いていた潜水艇はドッキング用カラーと静かに接触して固定させた。ドッキングが確認され、密閉状態が保たれたら、もはや時間は無駄にできない。チェンは席を立ってパックをつかむと潜水艇の内側の扉を開いた。操縦士は振りかえることなく、反応も示さなかった。席に着いたまま動かず、ひたすら前方を見据えていた。

ちがう、半分も人間じゃない。まだまだ。

施設内に足を踏み入れたチェンは、キャタピラ軌道でゆっくり動く機械を追い抜いていった。潜水艇の操縦士の遠い親戚《しんせき》だ。しかも相当に遠い。

これらの機械は、自走式のパレットと小型フォークリフトをないまぜにしたような代物《しろもの》だった。基地内の誰の命令がなくても潜水艇から物資と機器を降ろし、貯蔵室へ適宜運んでいく。

それとともに別のロボットが、海底下の深い裂け目から採られた鉱石を潜水艇に積みこむ。

〝鉱石〟と呼んでは身も蓋《ふた》もない。事実、これまで産出されてきたものとは似ても似つかないその物質は、地球内の深部からすこしずつ湧《わ》き出してくる合金であり、チタンよりも丈夫で重さは三分の一、現存する合金やポリマーにはない特異な性質を有している。

チェンたちは――といっても、その存在を知る者はほとんどいないが――件《くだん》の合金のことを〈黄金アダマント〉、あるいは略して〈GA〉と呼んだ。海面下の採掘施設が秘密裡《り》に建設されていた。

秘密を保持し、しかも効率を最大限に上げるため、基地はほぼ全自動化されている。そのときに駐在する一名の人間だけが、自動化された二〇〇もの働き手に作業を指示するのだ。

機械の形や大きさもとりどりだった。潜水艇の操縦士のようなヒューマノイドは少数で、ほかはマーメイドと称され、物をつかむ腕とカメラを埋めこんだ球状の〝頭部〟に、推進装置を脚の代わりに取り付けた機械である。

あとはいわゆる遠隔操作探査機《ROV》らしきものや、建築現場にある重機とよく似た機器。最新型の大半は海底と掘削孔での作業に使われている。動力はすべてバッテリーで、中国軍の小型原潜から転用され、最深部のモジュール内に置かれた小型原子炉によって充電をおこなっていた。

最初に訪れたとき、チェンは基地を見て圧倒された。内部の隅から隅まで見てまわった。二度めの駐在でも同じように興奮した。しかし、いまは人間用に設計された上層の施設を離れることはめったにない。

この先三〇日間の住処《すみか》となる〝事務所〟に着くと、そこには交代する相手がいた。人民解放軍海軍のホン・イー中佐である。

ホン・イーは荷造りをしながら待っていた。扉の脇に雑嚢《ざつのう》が置いてあった。

「帰る気満々だね」

「機械だけを友に一カ月後もここにいれば、あなただって同じ気持ちになりますよ」

「なかには面白いのもいるじゃないか」とチェンは言った。「とくに潜水艇の操縦士。それに、潜水ロボットのなかには顔のいいのもいる。技師が人間の複製に取り組んでいるのは、私たちの相手をさせるためだと思うよ」

ホン・イーは笑った。「彼女を本物らしくしすぎると、誰が夕飯をつくるかで揉《も》めることになる」

いっしょになって笑ったチェンだが、もし休止モードの機械からあの不気味な死者の目を消してくれるなら、人間に似たロボットが相手でもかまわないと思っていた。

「現在の状況は?」チェンは本題にはいって訊《たず》ねた。

「立て直しのめどが立たなくて」とホン・イーが言った。「先月より悪い。つまりは先々月よりも悪い」

「で、そのまえの月よりも」チェンは顔をしかめて言い足した。「産出量が激減してるのか」

ホン・イーはうなずいた。「この鉱石が貴重であることはわかってます。あなたや技師たちのおっしゃることもわかるんだが、もっと効果的な採掘方法を見つけないことには、安全部はここまで歳費を無駄にしたと吊《つ》るしあげられる」

チェンはそれを訝しんだ。安全部にはいくらでも金がある。しかも今回はロボットを開発した億万長者と提携もしている。どちらが損をするとも思えないが、コンピュータ上の数字を見るかぎり、〈黄金アダマント〉の生産量の少なさには驚くばかりだった。「一〇〇キロ？　これだけか？」

「鉱脈は涸《か》れかけています」とホン・イーは言った。「しかし、それを上司に報告するのはいかがなものかと」

インターコムが音をたてた。いかにも人間的な、今度は男の声がした。「ＴＬ‐１から報告。深海盆注水機の準備完了。調波共振器、充電済み。衝撃範囲はＺマイナス一三〇」

基地のはるか下方で、掘削作業のつぎの段階に向けてロボットの準備が進んでいた。その音からすると、狙いは裂け目の深い箇所だった。

チェンはホン・イーのことを見つめた。「深く掘ったんだな」

「ソナーが地中に貫入するということは、残る鉱脈がまっすぐ下に伸びていることを示してます。作業を継続するなら深く掘削していかないと。でなければ、あとは閉鎖するしかない」

チェンには確信がなかった。深く掘りすぎると当然のことながら危険がある。

「私が命令を下しましょうか?」とホン・イーが言った。「それとも儀礼を重んじますか?」

チェンは両手を挙げた。「ぜひ、きみから命令してくれ」

ホン・イーはインターコムのボタンを押し、ロボットを指揮する際に用いる独特の言い回しで命令を出した。「予定どおり開始。最優先課題、すなわち鉱石回収を最大限に。別途指示がないかぎり、鉱石回収が一トンにつき一オンスを下回るまで作業を継続」

「確認」TL‐1が応答した。

直後、遠くで唸るような音が基地内に満ちた。それは採鉱にともなうものだった。絶え間なくつづくこの音は一日、二日もすれば気にならなくなる。機械が点検や手順の再評価、バッテリー交換等で一時休止してようやく思いだす程度のことなのだ。

「あとはお任せしますよ」ホン・イーがコマンドキーとタブレットのコンピュータを差し出してきた。

「海上までの旅を楽しんで」とチェンは言った。「来るときは陽が照《せ》っていた」

太陽を想って口もとをゆるめたホン・イーは、雑嚢をつかむと急くように扉を出ていった。「では一カ月後に」

ひとり残されたチェンは、やることはないかと周囲をすばやく見まわした。むろん目を通すべき報告書、整理すべき書類などは山ほどある――そんな雑事をこなすロボットはまだ造られていないのだ――が、それをやる時間はたっぷりあったし、なにも単調な仕事に急いで取りかかる必要はなかった。

タブレットを机の上に置き、水槽に歩み寄った。水槽には金魚の琉金《りゅうきん》と水泡眼《すいほうがん》が数匹、獅子頭が一匹いた。ホン・イーからはベタを一匹、別の水槽に入れて飼おうと言われた。闘争本能の強いベタは他の魚といっしょにはできない。チェンはそれはやめようと説得した。孤独はいまのままでもう充分だった。

ガラス越しに覗くと、金魚は水槽内を慌ただしく動きまわっている。掘削が再開されるといつも活気づいたようになるのだ。そこで餌の容器を取って中身を振り入れた。フレーク状の餌が水にふれたとたん、魚はそれをつつこうと水面に上がってきた。

この皮肉に、チェンは苦笑を禁じ得なかった。水槽内の水槽か。片や空気の行き渡った環境で金魚を生かす器で、片や深海で自分やホン・イーを生かす器。そこに生きる両者とも窓外を眺め、食べることしかできない。その状態がつづくと、海上にもどるころには体重が一〇ポンドもふえてしまう。

さらに餌をあたえたが、金魚は唐突に食べるのをやめて動かなくなった。それも全部がいっぺんに。そんな様子を目にするのは初めてだった。

魚は下のほうに漂っていった。鰭《ひれ》は動かず、鰓《えら》も開かない。それこそ気絶でもしたように、朦朧《もうろう》としているように見えた。

ガラスを叩《たた》くと金魚はやにわに動きだし、水槽の端から端へと行ったり来たりした。なかには恐慌に駆られたのか、窓を突き抜けようとするハチのごとくガラスに体当たりするのもいる。一匹は水槽の底に敷かれた砂利《じゃり》を掘りはじめた。

そのうち水面にさざ波が起き、底の砂利が跳ねだした。居住施設の壁まで揺れはじめた。

チェンは後ろに退いた。採鉱作業の振動が大きくなっていた。想定を超えた大きさで、かつて聞いたことのない騒音だった。棚に置かれた書籍や飾りの珊瑚《さんご》も揺れ、傍らで水槽が割れた。

インターコムのボタンを押し、「TL‐1」と指令ロボットを呼び出した。「採鉱作業をただちに中止しろ」

TL‐1は穏やかに、しかも即座に応答してきた。「権限確認をどうぞ」

「こちらはチェン博士」

「コマンドコードが承認されません」とロボットが答えた。「権限確認が必要です」

つまり、ロボットはホン・イーの声を聞こうとしていたのだ。チェンはまだコンピュータにログオンしておらず、自分とホン・イーの権限を入れ換えていなかった。

チェンは手にしたタブレットの画面を必死で叩いた。その間にも、岩どうしが擦《こす》れる低く轟《とどろ》くような音が聞こえてきた。その拍動がますます激しくなっていくと、ついに何かが基地に衝突した。

チェンは床に投げ出され、壁にぶつかった。すべてが回転した。金属の継ぎ目が裂け、水が奔流《ほんりゅう》となって消防の放水にまさる勢いで襲いかかってきた。疾走するトラックにも匹敵する威力でチェンを壁に激突させ、その骨を折って肉を削《そ》いだ。

一分と経《た》たないうちにモジュールは水で満たされたが、チェンは溺《おぼ》れるまえに息絶えていた。

揺れが起きたとき、施設外の潜水艇はちょうど基地を離れたところだった。

ホン・イーは艇の壁面を通して轟音《ごうおん》を耳にした。上方にある作業灯の光を通して、破壊されたものが巨大な岩の塊《かたま》りとなって落ちてくるのが見えた。それと同時に、沈殿物の雲が下から巻きあがってきた。

「行け」ホン・イーは操縦士に命じた。「ここから脱《ぬ》け出せ」

操縦士は機械らしい手際で応じたが、切迫した感じはなかった。岩のなだれが基地の最上層に当たり、その衝撃でくずれた破片が潜水艇に降り注いだ。

命の危機を認識できないロボットに業を煮やし、ホン・イーは自ら操縦装置をつかんだ。スロットルを全速の位置まで押しこもうとしたが、ロボットの力には抗《あらが》えなかった。

「操縦を譲れ」

ロボットがスロットルを手放し、無感情のまま身を引いた。ホン・イーはスロットルを一気に押しこむとバラストタンクをひねり、海水を噴出させた。潜水艇は加速しながら浮上を開始した。

「よし、行け!」

潜水艇は前方に飛び出した。外殻にぶつかる小石の波が、雹《ひょう》が当たるような音をたてた。拳《こぶし》大の岩がキャノピーを削った。さらに大きな岩が天井を直撃し、スクリューのハウジングをへこませた。

危険から遠ざかろうとするホン・イーだったが、スクリューのハウジングが曲がったせいで潜水艇をまっすぐ走らせることができなかった。加速してもなお、旋回しながら危険地帯にもどっていこうとしている。

「いかん!」と彼は叫んだ。

破片の第二波が潜水艇をまともに捉えた。キャノピーが粉砕された。岩が外殻をブリキ缶さながらに圧し、押し寄せる破片に呑まれた潜水艇は〝蛇の顎〟の海底に叩きつけられた。

1

一カ月後
北京郊外

公園にふたりの老人が腰を据え、素朴な戦略ゲームの盤面を囲む姿は一見、牧歌的な光景だった。しかし木々が茂り、黒い池が掘られたその公園は、実際には中国政府第二の実力者が私有する土地なのである。手入れされた庭には監視カメラが設置され、離れて花を咲かせた蔓《つる》性の植物が高さ一二フィートの壁を隠している。しかもその壁にはセンサーが仕込まれたうえに有刺鉄線が張られ、愚か者が近づかないように武装した護衛が監視をおこなっていた。

壁の外は人であふれ、狂躁と混乱の渦巻く北京がひろがる。内側は聖域だった。

ウォルター・ハンは、客人としてこの場所を何度となく訪れていた。長々と滞在したこともなければ、師とろくに語りあったこともない。言葉を交わさず、黒と白の石が部分的に密集する、縦横に一九本の線を引いた盤をはさんで意識を集中するのである。

ふたりはアジアの古代からあるゲームに興じていた。チェスよりも古くはるかに複雑で、中国では〝ウェイキ〟、日本では囲碁、韓国では〝バドゥク〟の名で知られる。西欧では単純に碁《ゴ》と呼ぶ。

布石がひらめいたハンは、脇にある入れ物から小さな白石を取って盤上に置いた。打った手に満足して椅子《いす》にもたれると、庭園をつくづく眺めた。「こちらに寄せていただくたび、市内にいることを思いだして驚きます」

ハンは四十代も後半、たいがいの中国人男性より長身で痩《や》せていた。か細いといってもいいかもしれない。香港で中国人の父と日本人の母の間に生まれ、西欧風の名前を付けられたのはかつての植民地を溺愛《できあい》する欧米企業との取引きをしやすくするためだった。

ハンが生まれた当時、小さな電機会社を経営していた父親は香港の大勢に逆らい、独立を求める争いに敗れるくらいならと本土政府と手を結んだ。その決断が相当な報酬をもたらした。イギリスが手を引くころ、ハンの一族は大富豪になっていた。以来数十年、ハンと父親は中国全土にまたがる最大の複合企業体ＩＴＩ、すなわち〈産業技術有限公司〉を築いたのだった。

父親が没して一〇年、ハンは会社を独力で率いてきた。北京との深いつながりを維持するばかりか広げていき、政府における第五の柱と目されるようになった。金と力、そして名声がハンを一目置かれる存在にまで引きあげたのである。にもかかわらず、ハンは向かいに座る男におもねっていた。

「孤独の場は貴きもの。さもなくば喧騒《けんそう》のあまり思いはおよばぬ」詩を思わせるそんな言葉を発したのはウェン・リー、頭の脇にわずかな白髪が残る小男である。肌はしみだらけで、顔の右半分が下垂している。

ウェン・リーは激動の六〇年を、戦略家として党の指導者たちと顔を合わせてきた。兵士であり政治家であり、そして戦略家であった。噂によると天安門広場での抗議活動の鎮圧を命じ、その後、一党支配を放棄することなく中国を資本主義の道に導いた張本人とされる。

共産党内でいくつもの役職を得ていたウェンだが、非公式の呼称である〝老師〟こそが彼の存在を如実に示していた。文字どおりには〝高い技をもつ老人〟の意だが、ウェンの場合には〝教養を具《そな》えた大家〟と捉えるのがふさわしい。

ウェンは盤上に向かうと、ハンの白い石の横に黒の小石を置いた。残るハンの石との連絡を断ったのだ。「きみは重い気分を抱えて来たのか。そんなに悪い報《し》らせかね？」

切り出すきっかけを探っていたハンだったが、もはや耐えられなかった。「残念ながら、そうです。採掘現場の調査が完了しました。最悪の事態となりました。岩などれが外部の施設を破壊して谷の一部を埋め、〝蛇の顎〟には瓦礫《がれき》が散乱しています。原子炉は無傷ですが、計画を立てなおすには厖大《ぼうだい》な尽力と支出が必須となるでしょう」

「どれくらい？」

ハンはその数字を諳《そら》んじていた。「瓦礫の浚渫《しゅんせつ》に一〇〇〇億元。作業の復旧と基地再建には……最低でも五〇〇〇億。期間は長引くでしょう。とりわけ操業を秘密裡に続行するならば」

「それはもちろん」

「その場合、生産再開まで三年は要するかと」

「三年か」

老人は居ずまいを正すと物思いに沈んだ。

「少なくとも三年は」とハンはくりかえした。

ウェンは我に返った。「事故当時の鉱石の産出量は？」

「月産一トン以下で、しかも減少していました」

「生産が向上する望みはあったのか？」

「ほとんどありません」

ウェン・リーは不満げな声を洩らした。「だったら、海底に追加の穴を掘るのに数千億からの金をかけ、延々時間を浪費する理由はあるだろうか。考慮するまでもなかろうに」

ハンは息をひとつ吐いた。ウェンを味方につけておく腹積もりだった。なにしろ老人は当初から、秘密の採鉱作業を主導してきた中心人物なのである。例の合金の戦略的価値を端《はな》から理解していた。

「元《げん》や時間では測れない鉱石ですから」ハンは説いた。「あなたもよくご存じのように、〈黄金アダマント〉は世界にまたとないもの。生きているメタ物質です。チタニウムの五倍の強度があり、地球由来の、または研究室で生まれるどんな物質にも真似《まね》できないものが造れます。あれがあったらほぼ破壊不能の航空機、船舶、ミサイルも建造できる。当然ながら、わが技術者たちはほかに数多《あまた》の使途を思い描いています。

この鉱床――われらが鉱床――は、この物質が発見された唯一の場所です。むろん、それはご承知でしょうが。経費など目ではありません。再建しなければならない」

凄《すご》みのある目つきを見せる老人に、ハンは度を過ぎただろうかと思いかえしていた。

「私に向かって指図をするな」とウェンは言った。

ハンは軽く頭を下げた。「謝罪します、老師」

ウェンはハンから視線をはずし、盤面に注意をもどした。「一部はきみの言うとおりだが」と言って新たに黒石を置いた。「われわれが雑駁《ざつぱく》に鉱石と呼ぶこれは、未来にとって重要なものだ。銅よりも青銅、青銅よりも鉄という伝でな。歴史とは、つねに鋭く最強の剣と軽く強靭《きようじん》な鎧の物語なのだ。〈黄金アダマント〉を支配する国家こそ、揺るぎないものとなるだろう。しかし、涸れた場所を懲りずに掘るというのは正しくない」

ハンは首をかしげた。「ですが、鉱床はほかにはありません」

「見つかっていないだけだ」とウェンは答えた。

「おそれながら老師、われわれは長年のあいだ世界を探索させてきました。この合金はどこにもなかった。アフリカにも、南アメリカにも、中東にも。わが国の領土内にも、南太平洋の火山諸島にも。われわれが目星をつけた場所には。深海から一万種のコア資料を採取したものの、この一カ所以外に発見できませんでした」

「そのとおり。しかしながら、私は存在する可能性がある新たな鉱床について情報を入手したのだ。思うよりはるか近くに」ウェンは碁盤を指さした。「さあ、きみの番だよ」

ハンは視線を落とした。そんな情報を目の前にぶらさげられ、盤面に集中するのはむずかしかった。とはいえ、自陣が危機にあることはひと目でわかった。こちらがどう動こうとウェンは優位に立つ。ここは老師の誤りを願うしかなかった。「パスします」と言った。

ウェンはうなずいた。「それもきみの権利だが」

「お願いです、その新たな鉱床の場所とはどこですか？」

向かいに座したウェンは、指にはさんだ滑らかな碁石をもてあそんだ。「本州のどこか」

ハンは答えを導くのに手間取った。「日本の？　本州ですか？」

「沿岸かもしれないが、十中八九は本州。こちらのにらんだとおりなら、それも非常に地表に近い場所だ」

感情を排した口ぶりだったが、ハンは一瞬、息が詰まるような心持ちがした。「どうしてそのことをご存じなのですか？　第一、われわれに恩恵はありますか？　それを発見したところで、内密に掘ることなどできません。われわれの努力が露見しようものなら、こちらの業績は鉱石の存在を日本人に教えただけということになりかねない。それはつまりアメリカに知られることも意味する。こちらで独占しようと狙っていたものを、敵の手に渡すことになるのです」

「そのとおり」とウェンは言った。「であるから、われわれはまだ最初の情報しか得ていない」

「それでは袋小路です」

「袋小路？」

ウェンは碁笥《ごけ》から黒石を一握りつかみ出した。「話してみろ、この競技の目的とは何なのだ？」

ハンは苛立《いらだ》ちを隠そうとした。彼は老師が独特な方法で知恵を授けようとするのに馴《な》れていたし、これもそのひとつと判断していたが楽しめなかった。「この競技の目的は敵を囲いこんで自由を奪い、命を奪うことです」

「そのとおり。で、その名人たちを擁するのはどこの国だ？」

「中国です。競技を発明した国ですから」

「ちがう」ウェンはそう言って黒石を置いた。「それは自惚《うぬぼ》れであって、分別ではない」

「われわれでなければ、日本です」

ウェンはふたたび首を振り、ハンがパスをすると老人はまた黒石を置いた。

ハンは顔をしかめた。彼は競技に負けようとしていた。そしてこの議論にも。また

も着手をパスした。「韓国には有名な棋士が大勢いますが」と声に自棄《やけ》をふくませて

言った。

「アメリカ人だ。彼らはこの競技における達人だ。世界のどの国にもまして精確で熟

達している」

ハンは嘲笑《ちょうしょう》したくなるのをこらえた。「本当ですか？　アメリカの名人などひとり

として思いつかないが」

「それはきみが誤った盤面を見ているからだ。もう一度見なおして、これを地図とし

て考えなさい」

すっかり混乱しながら、ハンはあらためて盤上を見つめた。盤面がどことなく世界

地図と似ていた。北アメリカが中心に来る西欧の地図ではなく、中国が中央を占める

アジアの地図である。

中央にある自分の白い石が中国。その周りを容赦なく囲いこんでいく黒い石がヨーロッパと北アメリカを示しているようでもある。

ハンがそんな印象を口にするまえに、老師は授業をつづけた。「彼らはヨーロッパに軍を展開し」と切り出してさらに黒石を置いた。「大西洋、地中海、インド洋を支配している。中東に基地を置き、かつて共産ロシアの領土だった地に軍隊を駐留させている。太平洋上の島々から航空機と船舶を発進させる」

もはやウェン・リーは遊びに興じているのではなく、ウォルター・ハンの脳裡に教訓を焼きつけようと、アメリカ側の資産をつぎつぎに挙げていった。「ハワイ、オーストラリア、ニュージーランド」と言って三個の黒石を置いた。「韓国、フィリピン、フォルモサ——すなわち台湾——それにもちろん……日本」

最後の石が盤上に置かれると、白石で表された中国は囲いこまれていた。

授業が完了し、ウェンは顔を上げた。そのまなざしには弱さを映すものは微塵《みじん》もなかった。「アメリカは、連中の島大陸から出て世界を取り囲んだ。われらの世界を」

ハンの自信は狼狽《ろうばい》の疼《うず》きに取って代わられた。「なるほど。しかし、私たちはどうすればいいのですか？」

ウェンは盤を指した。「きみならどの石を取る？」

ハンはいま一度盤面を吟味《ぎんみ》した。いちばんの問題は最後に置かれた石だった。円を閉じて、白の——中国の——死を確実にする石である。「これだ」ハンはそれを盤上から滑らせて除いた。「日本ですね」

「つまりはそういうことだ」と老師は言った。

ウェンの示唆《しさ》する行為の非道さに、ハンはたちまち思い至った。胸がざわめいた。

「もしや軍事行動をお考えでは？」

「まさか。しかし日本が黒から白に——アメリカから中国の同盟国に変われば——情勢は一気に変化しよう。アメリカの優位を跳ねかえすばかりか、われわれはこの世界に存在するとされる〈黄金アダマント〉を、あますことなく自由に掘れるようになる」

「そんなことが可能でしょうか？」とハンは訊ねた。「われわれの間には、何世紀にもわたって敵意が横たわっている。戦争犯罪と領土問題が」

「すでに計画は動きはじめている。きみにこそうってつけの計画がね」

「私が日本人の血を引いているからですか」

「そうだ」とウェンは言った。「だが理由はほかにもある。きみが経営する会社と、きみの抱える技師たちが習得した技術の数々だ」

ハンはその持って回った言葉を聞きながら、ウェン・リーの真意を測りかねていた。おそらく詳細は、自分が身を投じた段階で明らかにされるのだろう。「やりましょう」とハンは言った。「あなたの求めることを何なりと」

「よろしい」とウェンは答えた。「わけてもこの任務には多くの機械が必要になる。人間の行動を模倣できる自動装置がね。きみは安全部の援助を得て、そうした事業の研究を長らくつづけてきた。いまこそその進捗《しんちょく》の具合を公表しなくてはならない。完璧《かんぺき》に造れるかね？　複製するものは、本物と遜色《そんしょく》ないものでなくてはならないぞ」

ハンは微笑した。白紙の小切手がなんらかの戦略の一部であることはつねづね意識していた。老師はこの計画を以前から練りあげてきたのにちがいない。「かなり近づいていています」

「よろしい」ウェンは盤上を片づけ、石をそれぞれの碁笥にもどした。「帰りしなに、私の秘書が包みを渡す。そのなかに指示がある。最初の会合は長崎だ。現地に工場と新たな関係を祝う友好施設を建設するという交渉が進んでいる。工場はきみのものになる。作戦基地だ」

ハンは勢いこんで席を立った。「もしもアメリカの干渉があった場合には？」

「連中はこの件についてなにも知らない」とウェンは断言した。「しかし、これは臆《おく》病者《びょうもの》の遊戯ではない。最後には片方が自由と生命を否定される。たとえアメリカが手を突っ込んでこようと、それは間違いであると思い知らせればいい」

2

一一カ月後
グリーンランド

ナヴィク氷床は荒漠とした場所だった。木も生えない不毛の平原は霧に包まれ、薄光しか射さない。正午でも、太陽は地平線上に顔を出す程度なのだ。

そんな地勢を重い足取りで進んでいくふたつの人影があった。ふたりが着込んだスノースーツの赤が、モノトーンの世界に強烈な色彩をきざんでいた。

「こんな極北までチェックしようっていう理由がわからない」ふたりのうち、小柄なほうが声をあげた。毛皮を張ったフードからブロンドの髪がのぞく。どことなく北欧の訛《なま》りがあった。「必要なことは他の数値からわかってるのに」

もうひとりの大柄のほうがフードを上げるとゴーグルをはずし、彫りの深い顔立ちと透き通るような青い目をあらわにした。カート・オースチンは三十代半ばだが、より年上に見える。目尻《めじり》と額の皺《しわ》が、エアコンの効いたオフィスとは異なる環境で人生をすごしてきたことを物語っていた。銀色の髪が如才なさと押し出しの強さを印象づける反面、顔には一カ月分の無精ひげがあった。「政府が信じたがらない報告を出すには、こちらで真実を確かめておかないと」

女性もフードを上げてゴーグルを取った。氷のように青い瞳に荒れたピンクの唇、そしてほどほどに伸ばした淡いブロンドの髪は北欧の血筋を示すものである。彼女は唇を引き結び、片方の眉《まゆ》を吊りあげた。「七つの異なる氷河から七つの数値を採っても不充分？」

彼女の名前はヴァラ、姓は子音やウムラウトなどの長い文字の羅列で、オースチンにはまるで発音できない。ノルウェーの地質学者の援助と知識は、こと極北のこの地においてはかけがえのないものだった。

「七つだけならましだが」とオースチンは応じた。「ぼくはこの六カ月で三〇カ所の氷河をめぐった。そのうえでの結論は、支援を引き出すには完璧な記録が必要だってことなんだ。つまり空白もデータの欠測もあってはならない」

ヴァラは溜息《ためいき》をついた。「そのためにわたしたちはヘリコプターで観測所まで飛ぶわけね。雲が近づいてきたら降りて歩いて。オーケイ、いいでしょう。でも、そこまで執着する意味がわからない。そのしつこさの意味が。わたしたち、見つかると考えていたものはきっちり見つけたわ。ここまでは何もかも」――彼女は口を閉じ、ふさわしい言葉を探した――「申し分なかった」と、このところオースチンがむやみに濫《らん》発《ぱっ》していた言葉を使った。

「そこが問題なんだ」とオースチンは言った。「申し分ないなんてことはあり得ない」それ以上説明するわけにもいかなかった。しかも話をしている暇はない。オースチンはゴーグルをもどした。「移動をつづけないと。嵐《あらし》が来る。観測所を見つけて、データを取ってここを出るか、さもなくばイグルーを建てて春までおたがいを温めあうか」

「もっとひどい冬のすごし方を思いつくけど」ヴァラはにやりとして言った。「でも食糧がないと無理ね」

方位を再確認したオースチンは歩みを進めた。

最初に認めた目的地の目印は、終わりのない白い雪原を背景に黒光りするソーラーパネルだった。NASAが遠隔地向けに設計したパネルは、一平方フィートにつき一〇〇万ドルもする代物だが、自動化された観測所は驚くほどの電力を必要とし、その四枚の小型パネルが供給する電力量を標準の太陽電池で賄《まかな》おうとすると、何エーカーもの広さが必要になる。

パネルから送電線をたどった先に、怪しげな白いドームがあった。それは平らな地形のなかでわずかに窪《くぼ》んだ場所に建っていた。

吹きつけた雪を払っていくと、ブロック体で〈NUMA〉とステンシルされた金属板が現われた。

「国立海中海洋機関《NUMA》」とヴァラは言った。「どんな装置にも片っ端からラベルを貼《は》っていくアメリカ人の魂胆《こんたん》が知れないわ」

オースチンは笑った。「いつ誰が来て、きみの車のホイールキャップを盗んでいくかわからないぞ」

「ここで？」

「それはないにしても、一〇〇〇万ドルの装置が突然送信を停止すれば……まあ、そんなことも頭をよぎるさ」

オースチンは自動モジュール群からさらに雪と氷を剝《は》がしていった。装置は盗まれていなかったが、明らかに様子がおかしかった。水平に置かれているはずのものが斜めに傾いている。「第一モジュールから氷が落ちてアンテナをもぎ取ったらしい。どうりでデータを送ってこないわけだ」

彼はジャケットにあるポケットの一個を開き、小型コンピュータを抜き出した。外見は携帯電話に似ているが、もっとごつくて防寒仕様である。ケーブルを使い、それを中央モジュールのデータポートに挿した。

「CPUはダメージを受けてない。だがこのデータをすべてダウンロードするには数分かかる」

待機するオースチンをその場に残し、ヴァラは観測所の正面にまわった。「ドリルはまだ動いてるわ」

観測所では熱プローブを使用し、流水を発見するまで氷河を掘りさげていく。そしてその深さと温度、流れの速さを計測して目下の氷河融解量を割り出すのだ。

彼らが情報を求めているのは、世界の氷河は南端から後退しているのではなく、内側から空洞化しているという新たな仮説を検証するためだった。

オースチンは、コンピュータのプログレスバーが完了に向けて進んでいくのを見つめていた。「熱プローブのいまの深さは?」

「一一〇〇フィート」とヴァラが答えた。「そうね――」

足下で氷が動き、その大きな音にヴァラの声は掻《か》き消された。前面のモジュールが右にスライドして二〇度傾いた。身構えていたオースチンは思わず後ろに飛びすさり、周囲の氷面を確かめた。観測所の反対側でヴァラが悲鳴をあげた。

オースチンはモジュールを回りこむように走った。観測所の下に巨大な穴が開いていた。二〇〇フィートも氷面が落ちこんでいる。かろうじてユニットを――そしてそこにしがみつく北欧の科学者を――その場で支えていたのは、離れて固定したアンカーだった。

オースチンが前に出ると、足下の雪が滑落していった。

「クレバスよ!」とヴァラが叫んだ。

状況を察したオースチンは、ベルトから抜いたアイスピックを鋭く振った。タングステンの先端が深く食いこんで身体の支えになった。ピックとその端に付いたストラップを握り、ヴァラのほうに思い切り踏み出すと、彼女のスノースーツのフードをつかんで引っぱった。

ヴァラは跳んでオースチンの腕につかまり、そのまま乗り越えるようにして固い氷面に降り立った。そして正気の人間なら誰でもやるように、広がりつつあるクレバスから走って逃げた。

オースチンもそうしたかったが、ここまで来てデータを見棄《みす》てるわけにはいかない。

身を起こしてアイスピックを引き抜くと、コードを挿したままデータポートから宙づりにしたコンピュータのほうに取ってかえした。

固定用のアンカー二個がはずれ、張り詰めていたコードが雪上を鞭《むち》のように躍った。宙を飛ぶアンカーを避けたオースチンは、ふたたび氷面にアイスピックを突き立てた。クレバスに身を乗り出すとコンピュータに手は届いたが、手袋で膨れた指ではそれをつかみ取ることができなかった。

歯で手袋をくわえてはずし、拋《ほう》り棄てた。とたんにひどい寒気が肌を刺してきた。かまわず素手を雪中に突っ込み、少量の雪を溶けるまで握りしめた。

残った雪は捨てて身体を伸ばすと、コンピュータのガラスのスクリーンに指を置いた。マイナス二五度では、皮膚の表面の水分が凍るまで数秒しかかからない。

小型のデバイスが手に付着すると身体を起こし、データポートから剝がしたコンピュータをきつくつかんだ。

ふたたび氷が割れた。最後のアンカーが切れて観測装置全体が穴に転がり落ちる寸前、オースチンは身を引きながら安全な場所に向かってダイブした。そのまま雪中で、基地の断末魔の叫びが途絶えるまでじっとしていた。

駆け寄ってきたヴァラが、拾った手袋を差し出した。「気が狂ってる。なぜそんなに命を粗末《そまつ》にするの?」

「きみをクレバスの底に落としたくなかった」

「わたしじゃなくて、コンピュータのことよ。データにそこまで価値があるかしら」

「それは中身によるな」

オースチンはコンピュータからできるだけ皮膚を失わないように指を剝がすと、画面をタップした。するとデータの最初のページが開いた。デバイスには一〇〇ギガバイトの情報が記憶されていたが、メインの画面を見ただけで事足りた。

「どうなってる?」

「この氷河の融解速度はこれまでと変わってない」

「つまり変化なしってことね」ヴァラは腰に手をあてた。「ほかの氷河と同じで。内部の空洞化もないし、急速な融解もない。それはいいニュースじゃない?」

「そう思うかもしれないが、これは別のところで異状があるってことなんだ。それも極端な異状がね。で、いま現在、その理由には皆目見当がつかない」

3

ワシントンDC

議員会館西棟にある新しい会見場は、正式には〈サミュエル・B・グッドウィン・メディア・ホール〉の名で知られる。そこで働く者たちの間では〝劇場〟で通っている。それは階段状の座席配置とともに、この場で政治的パフォーマンスが延々くりひろげられるからでもある。

雨模様の九月のこの日、会見場には非公開の会合に人が詰めかけていた。カメラの列はなく、メディアや一般人は締め出されている。

場内の三列めの席に腰をおろしたジョー・ザバーラは、きょうはどこまで紛糾《ふんきゅう》するのだろうかと思案していた。科学に関する本格的な議論が、多様な出席者が集まっておこなわれるのだ。

周囲を見ると、全米科学アカデミーの会員が四名、NASAのバッジを着けた人間が五名、ホワイトハウスの顧問が三名あまりいる。その他の部局からは合計八名、なかには世界の天候や大気状況、そして環境全般を監視する国立海洋大気庁《NOAA》の人員もふくまれていた。

これらの集団の多くは活動領域が重複しており、たいがい協力関係にあるが予算をめぐってしのぎを削ることもある。それはザバーラが属する国立海中海洋機関《NUMA》にもあてはまる。

NUMAは世界の海洋とアメリカの湖川および水路を監視する役目を負う一方、沈没船や過去の遺物を発見するという歴史に携わる活動もおこなっている。くわえて――所属した当初のザバーラの想像をはるかに超え――国際問題にかかわることが多かった。そんなわけで、NUMAは〝荒くれ機関《カウボーイ》〟と評されている。この良《あ》し悪しはカウボーイにたいする心情にもよる。少年時代の大半をニューメキシコとテキサスですごしたザバーラにしてみたら、そうした異名は名誉の勲章なのだ。

建物内にいるNUMAのメンバーはザバーラひとりではなかった。この場には他に三名が同席していた。三名と、そしてめだつ空席がひとつ。

ザバーラの右隣りにはポール・トラウト、深海を専門にする地質学者で、身の丈六フィート八インチほどもあるチーム一の長身メンバーが座っていた。ポールは人を悪く言うことがまずない心優しい大男だった。目に隈《くま》をつくったポールを見て、ザバーラは、これから発表することになりそうなデータを夜遅くまで精査していたのだろうと思った。

その横にはガメー・トラウト、ワイン色の髪と笑ったときに覗く前歯のわずかな隙《すき》間《ま》が目を惹《ひ》くポールの妻である。海洋生物学者のガメーは話をする予定はなかったけれども、ポールと同じく深夜まで根《こん》を詰めていたらしい。何事にも用意周到なのだ。

さらにはNUMAの副長官ルディ・ガンが、機関の最高位の人間としてこのヒアリングに参加していた。ガンはむっつりしていた。それはおそらく空席があるせいだった。

「カートはどこ？」ガメーが夫のほうに身を乗り出してザバーラに話しかけた。「議会のブリーフィングに二時間も遅れるなんて、彼らしくないわ。もっと言うとこの三カ月、彼はどこに行ってたの？　オフィスで顔も合わせなかったけど」

オースチンの行先を把握していたザバーラにしても、現在の居場所までは知らなかった。「言えるとしたら、いまのところ聞き逃してまずい話もないんじゃないか」

壇上でだらだらつづく講釈を聞かされて、ザバーラは内心、理由はともかくこの場にいないオースチンが羨《うらや》ましくなっていた。

ガンに睨《にら》まれて会話を打ち切ると、ザバーラはようやく結論に差しかかったらしいNOAAのメンバーのほうに注意を向けた。

「……測定を更新して、今週これをワシントンのオフィスで照合したところ、過去六カ月間で八・三インチの海面上昇があったと算出されました」

大事な部分は後回しか、とザバーラは思った。

室内にふたつの異なる声があがった。軽蔑《けいべつ》のつぶやきとショックの呻《うめ》きである。科学畑の人間たちはその数字にこぞって息を呑んだ。想像以上にひどかったのだ。劣悪といってよい数字だった。

対照的に、政界関係者はなんの感慨も見せなかった。あらゆる議論に一〇億や兆の数字が飛び交う都市では、八・三インチに反応する人間はいなかった。

少なくとも、その数字に世界の海洋の全表面を乗じる者が現われるまでは。

「数字に間違いはないのか？」と訊ねる者がいた。

「データはNUMAの独自分析を使って二重にチェックしました」発言者はそう答えるとNUMAの代表たちのほうに手をやった。

ルディ・ガンが立ちあがった。「われわれが出したのも同じ数字です」

議員は両党から数名ずつが出席していた。他のグループ同様、それぞれが持つ情報と政治理念はばらばらだった。

「これがそこまで大問題かね？」とある下院議員が問いを発した。「いいかね、諸君、八インチだろう？　うちの地下室には、ゆうべの雨でもっと水が溜《た》まったぞ」

上院議員の列から忍び笑いが洩れた。

答えを口にしたのはガンだった。「じつは下院議員、海面が八インチ上昇するには、二一京ガロンを注ぎこまなくてはなりません。言い換えれば、五大湖をひっくるめた水量の三倍ということです。それも半年のあいだに。大問題です。というか、いまだかつて例がない」

そう言われて下院議員は腰をおろした。

その後はＮＯＡＡの代表が引き取った。「なかでも憂慮すべきなのは増加率です。ペースが加速しており、増加の半分はこの三〇日で起きています。この調子だと、来年末には数フィートの上昇ということになるでしょう」

「水はどこから来ているんだ？」と苛立ちまじりの別の声がした。

ザバーラは溜息をついた。せっかく閉じていた蓋が何の気なしにあけ放たれ、厄介事が飛び出してきそうなのだ。「われわれは、この急な加速を地球温暖化の影響と考えています」

予感は当たった。狂信者たちが蜂起《ほうき》して、〝だからこうなると警告したのに〟とさまざまな表現で言い立て、一斉に〝突貫計画〟と〝緊急措置〟を求めはじめた。通路の反対側では、地球温暖化の否定論者たちが〝政治的な策謀〟について声高に叫びだした。データについて疑問を呈し、氷山が溶けて海面が上昇するのに何世紀も要すると長年言われてきたのに、ここに来て急速な展開を見せるのはなぜかと説明を要求した。

聴聞会を進行してきたフロリダ選出の上院議員が事態の収拾をはかろうとしたが、小槌《こづち》を何度か鳴らしたところで、むきだしの敵意にたいしては無力だった。激しい議論がつづくうち、ホール上層の重い扉が勢いよく開き、壁に当たった音が室内に鳴り響いた。

一瞬声がやみ、全員の目が音の出所に向いた。

階段の上に、プラチナ色の乱れた髪にひげ面、肩幅の広い男が立っていた。暗色のコートを雨に濡らした男は、抜けるような青い目で人々を眺めやった。三叉《さんさ》を持っていれば海神ポセイドンと言えなくもない。

「氷人来たる、だ」ザバーラはポールとガメーに向かってささやいた。「ひげは短めだけど」

「地球温暖化のせいじゃない」ポセイドンを思わせる男が声高に言った。

フロリダの上院議員が立った。「きみはいったい誰だ？」

「カート・オースチン」と男は名乗った。「ＮＵＭＡの特別任務部門の長です」

議員は驚きと怒りの入り混じった表情を見せた。「きみと気づかなかったことを謝罪しよう、ミスター・オースチン。ところでどこへ行っていた？」

オースチンは全員の目に留まるように数歩前に出た。「この六カ月、北半球のありとあらゆる氷河と氷床をめぐってました」彼は重いコートを脱いで椅子に掛けた。「この六時間は、グリーンランドからの便がフィラデルフィア着に変更になり、Ｉ‐95の渋滞に巻きこまれて」真面目な話、旅程のなかでこの渋滞が最悪だった。

笑いの波が室内を一周した。話をしていたＮＯＡＡの人間だけは不服そうだった。

「きみは地球温暖化を信じない一派にいるのか？」

「地球温暖化一般については、私はどちらの意見にも与《くみ》しない」とオースチンは答えた。「それが現実に起きているか否か、人間の仕業なのか自然の現象なのか、それともエイリアンの差し金なのか、そこは別のところで議論してもらえばいい。いま私が話そうとしているのは、今回の海面上昇のことです。はっきり言って、海面が上がっているのは氷河の融解や氷床の破壊のせいじゃなく、ましてやこの数日に東海岸で降った大雨のせいでもない」

またも笑いの波が起きた。参加者は一様に、海面上昇に関する聴聞会が洪水警報のさなかに開かれるという皮肉を嚙《か》みしめていたのである。

相手は動じなかった。「われわれのモデルが示すところでは、地表温度の上昇によって――」

「あなたがたのモデルはコンピュータ上でテストされたもので」オースチンは応じた。「こちらは現地に赴き、NUMAの科学チームの面々と何度も確認をくりかえし、氷河の下を掘り、氷床の上を歩いてコア資料を採取した。何カ月もかけて衛星画像と比較しながら、氷河の後退速度や積雪量、氷河下の水流の実際の流出量を現地で観察した。すべての場所でかつてない融解の兆候はないかと探してみたところ、なにも見つからなかった。あなたがたの幻想を破りたくはないが、氷河や氷山の消失はこの一〇年間とくらべて早くも遅くもなっていない。つまり、いま起きていることと地球温暖化とは無関係であるということだ」

「ならばその原因は？」

「こっちが知りたい」とオースチンは言った。「だが、そちらで指摘された加速の数字が正しいとしたら、至急イトスギの木で大型ボートの建造をはじめたほうがいいでしょうね」

この発言でノアの方舟《はこぶね》に思いが至ったのは出席者のわずか半数だったが、フロリダ選出の議員はそのひとりだった。

「一つがいずつではどうにもならないからな。きみを叱責《しっせき》したことを謝罪する、ミスター・オースチン。きみはたいへん貴重な貢献をしてくれた。研究のため、そちらで集めたデータを全グループに送ってもらいたい。会合は二週間後に再開する。しかし答えがすぐに出ない場合には、この情報は公開されることになる。その意味するところは話す必要もないと思うが」

政治と情報操作と大衆ヒステリーだ、とザバーラは思った。これらが揃うと、何をやろうにもほぼ不可能になる。

聴聞会は休会となった。ザバーラは席を立ってオースチンのもとへ向かった。「見事な登場だった。つぎはフォグマシンとレーザー光線でもっと劇的な演出にしよう」

「一日じゅう霧のなかにいたんだ」とオースチンは言った。「もういいだろう。この謎《なぞ》の答えを見つけないとな。それも至急」

4

午後五時三〇分
NUMA本部

オースチンはNUMAの会議室の照明を点《つ》けた。ザバーラ、ポール、ガメーがその後から入室した。

「コーヒーを用意したほうがいいな」とオースチンは言った。「長い夜になりそうだ」

聴聞会の後、彼らはキャピトルヒルを出て、他の連中がワシントンを離れていくなか、市街に車を走らせた。金曜日の午後六時になると、ワシントンDCはゴーストタウンと化す。濡れそぼったゴーストタウンである。

ザバーラがコーヒーメーカーをセットする一方、ポールとガメーは資料満載のバインダーを卓上に並べた。

「まさか振り出しにもどるなんて信じられない」とガメーが言った。「氷が解けてないって本当なの？　南半球でも？」

「南半球はまだ冬だ」とオースチンは言った。「いいか、南極大陸ではマイナス五〇度でまったく解けていない。嘘《うそ》だと言うなら、マクマード基地のわが友人たちに確認済みだ」

「すると、問題の原因がわからないままだと手の打ちようもないわけね」

「そうだ。だからこそこうしてこの部屋に詰めて、根本原因について別の可能性を探ろうというわけさ」

「原因を突きとめたところで、それを止められない可能性だってある」とザバーラが指摘した。「勝手に安定するかもしれない」

「同感だ」とオースチンは言った。「でも自然まかせにするのはやめておこう」

この指示によって、スリラー作家たちも喜びそうな自由な討論《ブレインストーミング》がはじまった。地球を水没させる方法について、多岐にわたる意見がつぎつぎ披露《ひろう》されていった。

「火山活動の増加は？」とオースチンは指摘した。「水蒸気は噴火における大きな構成要素だ」

「そこはきみがグリーンランドにいるあいだにチェックした」とポールが答えた。

「過去一二カ月、火山活動は世界規模で三〇パーセント減少してる」

「降水量の増加は?」とザバーラが言った。「今年は南部と西部で洪水が起きてるぞ。このまま雨が降りつづいたら、二、三日でポトマックは氾濫《はんらん》する。世界じゅうで同じような状況があって、ノアの洪水の四十日四十夜みたいなことが起きていたら?」

オースチンはザバーラの本気を確かめようと流し目をくれた。

「なんだよ」ザバーラは応じた。「イトスギの話を持ち出したのはそっちじゃないか」

「ああ。しかし、雨が四〇日間降りつづいても地球は水没しない」

「雨の降り方にもよる」ザバーラはにやついた。

「世界じゅうってことはないわ」ガメーが真に受けて答えた。「現在、インドでは旱《かん》魃《ばつ》が起きているし、ヨーロッパは猛暑に襲われてる。それに四〇日間雨が降るということは、四〇日間の蒸発があってこそよ。閉鎖系だから」

そこにオースチンが割ってはいった。「ブラザー・ジョーはわきまえてる。いまは藁《わら》をもつかむってやつでね。先に進もう」

「計測結果が間違っていたとしたら?」とガメーが言った。「潮流や波や風のことを考慮すると、実際の海水位を測るのはそれこそ困難なわけだから。陸塊の重力だって海面に影響があるんだし」

「そこは異なる方法論を用いて一度、二度、三度とチェックした」とオースチンは返した。「データのエラーはない。現実に起きている現象だ」

「宇宙からの水だとしたら？」とザバーラ。

発言の主に厳しい視線が集まった。

「今度は真面目だぞ。彗星《すいせい》は汚れた氷から出来てる。地球の水はそもそも彗星が運んできたと考える科学者は大勢いる。この惑星が形成された最初の二〇億年のあいだに、衝突した彗星によってもたらされたんだ」

オースチンはそれを筋の通った理論として考えたすえに……「最近は飛ぶのを見てないからな」

「べつにハレー彗星みたいにでかくて見栄えのするやつじゃなくていい。目に見えない小さなやつってこともある。それか彗星がばらばらに分解したやつとか。ちょうどいま、崩壊して消失した〈アイソン〉って彗星の話を読んでたところなのさ。NASAは長い尾を持つ明るい星じゃなく、何百万っていう小片を発見した。仮に地球が破壊された彗星の残骸《ざんがい》の間をゆっくり通過していったとしても、われわれはなにも気づかないまま、落下してきた氷は地球の引力によって海に引きこまれていく。それなりの量があれば、すぐにでも水はふえていくだろう」

「その可能性はある。だが、もし地球がマイクロ彗星の大群のなかを通過しているのであれば、すでにNASAが気づいていると思うんだが。それに、ここまで唐突な水位の上昇を惹き起こす厖大な彗星群というのも、およそ考えられない」

ザバーラは肩をすくめた。「おれからは以上。あとは頼むよ」

誰からも意見が出ないまま、オースチンは席を立った。三時間におよぶ議論は成果がなく、あとにはかすんだ目と憤りが残るばかりだった。

「休廷?」とガメーが訊《き》いた。

「コーヒーブレイクだ」

オースチンは部屋の隅にあるコーヒーメーカーに向かった。「信じないかもしれないが、これでもはかどってる。あらゆる可能性を排除していくことで、われわれは真相に近づいてるはずだ……真相の中身は別として」

「すばらしい演説だな」とザバーラは言った。

「まったくだ……自分でも確信はないけどな」

オースチンはコーヒーを注ぐと、クリームと砂糖は入れないことにしてカウンターの縁にもたれた。思えばザバーラとガメーが活発に意見を述べた反面、ポールはろくに言葉を発していなかった。

それは驚くことでもない。ポールはもともとチーム内でも控えめな人間だが、オースチンがコーヒーを口にするあいだもリーガルパッドに何かを綴《つづ》っていた。ものすごい勢いでペンを走らせている。

ポールのほうに近づき、その肩越しに覗きこんだ。ページの一部を計算式が占め、残りを判読できない小さな文字の一群と、嘴《くちばし》に何かをくわえた大きな鳥のスケッチが埋めている。

「付け足すことがあるか?」とオースチンは訊いた。「あるいは、退屈しのぎのいたずら書きかな?」

顔を上げたポールは、そばにいるオースチンに驚いた様子だった。何かに没頭していたらしい。

「そうだね」とポールは応じてから、「たぶん……でもどうかな」

オースチンは手を伸ばした。「いいか?」

ポールが手を放したパッドを、オースチンは手前にすべらせた。ポールは鳥のほかに液体が半ばまで満たされ、首の部分が曲がった水差しを描いていた。その右側には長い計算式。そして名前。

「ケンゾウ・フジハラ」とオースチンは声を出して読んだ。「きみはアニメーションの世界で新たなキャリアを思い描いているのか、それとも……」

ポールは首を振った。

「わかった」オースチンはパッドをポールに返した。「話してくれ」

ポールを追いこんだことにかすかな罪悪感をおぼえたが、ポールは完璧主義者なのだ。チャンスがあれば、斬新《ざんしん》な理論を出すのに一〇〇回ものシナリオテストをおこなおうとする。

「ちょっとした思いつきなんだ」とポールは切り出した。「こんなこと言うと、自分でも頭がおかしいって思うんだけど」

「ジョーの彗星の大群よりはましだ」

「おい!」ザバーラは本気で傷ついたふりをした。「ブレインストーミングに批判は禁物だぞ」

「おまえの言うとおりだ」とオースチンは言った。「で、これはいったい何を意味する? まずは鳥から。気になってしかたがない」

ポールは深々と息を吐いた。「〈カラスと水差し〉。『イソップ童話』さ」

その言葉を聞いたそばから、オースチンはポールの秀逸なアイディアに気づいた。

「この寓話《ぐうわ》でね」ポールは言った。「喉が渇いたカラスが水差しの脇に降りて、嘴を突っ込んで水を飲もうとするんだ。でも水差しの首の部分が狭いし、水位が低いからカラスには届かない。そこでカラスはいったん飛び去り、くわえてもどってきた石ころを水差しのなかに落とした。すると石を入れたぶん水位が上がった。カラスはこれを何度もくりかえすことで水位を上げていき、やがて水差しから水を飲めるようになった。

つまり、氷山が解けたわけじゃなく、マイクロ彗星の大群のなかを通過してるんでもないとすれば、ぼくらは間違った見方をしているんじゃないだろうか。海の水がふえているんじゃなくて、何かがすでに存在する水を嵩上《かさあ》げしてるのかもしれない」

全員が黙りこんだまま、その可能性を推しはかっていた。

ポールは室内を見まわした。「要するに、お湯を張った風呂にはいると、お湯があふれ出すみたいに」

オースチンは笑った。「全員が納得したようだ」

「みんなが黙ってると不安になるよ」

「きみの優秀さにただ驚いてるだけさ。すばらしい思いつきだ」

「ほんとに」とザバーラも念を押した。

ガメーが頰笑《ほほえ》んだ。「あなたがそんなことまで思いつくと、家でのわたしの立場も危うくなるわ」

「前例はあるのか？」とオースチンは訊いた。

「海ではないけど、もっと小さな水域ではよくある。何年かまえに、イエローストーン湖が周辺の土地を水浸しにしたことがあった。でも、その原因は降雨とか雨水の流出じゃなかった。水面の上昇は湖底の隆起と関係があってね。地底深くで起きたマグマの噴出が岩層を持ちあげていたんだ。それで水が動いて湖面が上がり、湖の水量には変化がないのに氾濫を誘発した。当時、地質学者たちはイエローストーン直下の火山に爆発の動きがあるのかもしれないと考えた。さいわい、それから数年のあいだに隆起はおさまって、湖は本来の形状にもどった。いま世界の海洋のどこかで、人知れず同じシナリオが起きている可能性はあるよ」

「不可能なことを排除したら、残るものがいかに奇抜であっても……」とガメーが水を向けた。

「まさにそういうことなんだ」

「だけど、その規模で海底が隆起したら、誰かが気がつくはずよ」

「そこに注目していればの話さ。でもＮＵＭＡをふくめて、海底の深海スキャンを定期的におこなっている組織はないと思うんだ」ポールは離れた壁に掛けられた地形図に手をやった。「一貫性を持ってアップデートされてる海図といえば、ああいう港湾や航路帯周辺の浅海域を表示するものしかない。われわれの深海図は一度きりの探査と、広く散在した地点でおこなう水深測量の結果をつなぎ合わせたものさ。残るすべては推定値だ。もし北米大陸の海抜をオーランドでの数値とサンタモニカでの数値で計測して、中間の山脈を計算に入れなければ、極端な平地ってことになるわけだから」

そこにザバーラが割ってはいった。「深海のデータの大半は何十年もまえのものってことがよくある。一年で変化するところも多いし、珍しいことじゃない」

「隆起はどのくらい起きるんだろう?」とオースチンは訊いた。

「ハワイ規模の新しい海山ならよくある」とポールは答えた。「海面から突き出さないにしても」

「新しい火山もないわけじゃないわ」とガメーが指摘した。「インドネシアのクラカタウは一八八三年に大噴火して、一九三〇年には新たな火山島が姿を現わした。それがアナク・クラカタウ」

「その成長は早くてね」とポールが言った。「いまやアナク・クラカタウは海抜一〇〇〇フィートにもなってる。さらに驚くべき速度で広がりつつある」

「ハワイ沖の天皇海山群にも新しい頂が形成中だ」とザバーラ。「ロイヒって呼ばれてる。去年、われわれで調査をしたんだ。一九九六年からもっと速いペースで成長をつづけてる」

「ふたつとも小さな島だ」とオースチンはあえて言った。「しかもロイヒは一〇〇万年単位で形成されてきた。それほどの規模のものが六カ月で出現するとは考えにくい」

「たしかに」とポールが応じた。「でも、やるなら巨大な海山よりも、構造プレートの縁沿いに広がった地殻の座屈《バックリング》を探したほうがいいな。それが新たな山脈の誕生を示すものだから。たとえ高さが目立つほどじゃなくても、山脈の長さと幅があるだけでちがってくる。太平洋かオーストラリアのプレート境界上を走る低い座屈があれば、大量の水を動かすことになる。座屈が全体におよんでいれば、丘は高さ一〇〇フィート、幅四、五〇〇フィートでいい。それでぼくらのやり方で記録した水位を優に超える水を動かすことになる。新たな山がより高くて幅があれば、長さはもっと短くてもまかなえる」

オースチンは興味を惹かれながらも、まだ得心していなかった。「オーケイ、おおよそ見当はついた。では取引きをまとめよう。何か証拠を見せてくれ。プレートの座屈によって海面下に山脈が形成されているとしたら、地震活動が顕著にならないか?」

「ぼくもそう思った」ポールは答えた。

「それで?」

「異常は一切見られない」ポールは認めた。「というか、国際的な地震観測網からの報告は上がっていないんだ。でも震動の増加傾向を指摘している人間がいる」

オースチンは目にしたメモのことを頭に浮かべた。「ケンゾウ・フジハラか」

ポールはうなずいた。「日本の科学者で、まだ誰もモニターしていない新しいタイプの地震波を検知したと主張してる。彼はZ波と名づけたそれを、太平洋プレートの境界周辺で過去一一カ月に何千回と検知したらしい。でも、このZ波の正体と検知した方法については、詳細を明かすことを拒んでる」

「その彼に連絡を取ったのか?」

「電報でね」

オースチンは眉をひそめた。「電報? いきなり一九世紀に逆戻りか?」

ザバーラがにやりとした。「受けが悪いな。これでおれの気持ちがわかっただろう」

ガメーも静かに笑ったが、ポールは真顔だった。

「聞けば納得すると思うけど、ケンゾウ・フジハラは反科学技術運動のリーダーなんだ。日本はエレクトロニクスに執着することで破滅するという考えの持ち主でね。彼とその支持者たちは電話もeメールも、テキストメッセージもビデオ会議も使わない。発見したことは、手製の印刷機で印刷した新聞スタイルの紙面で発表する。ベンジャミン・フランクリンも顔負けさ」

ポールはつづけた。「話では、日本の政府と技術産業界からの締め付けが厳しいらしい。彼の一派は過激派グループ、セクト、カルトなんて呼ばれてきた。人々を洗脳し、その意思に反して拘束したからと告発も受けてる」

「その彼は、真面目に受け取ってもらおうという努力はしていないのか？」

「かつての彼は地質学者として高い評価を受けていたんだ。期待の新星だった。彼の発表によると、一一カ月まえにはじまったZ波は六カ月まえに突然増加し、この三〇日でふたたび増加したそうだ」

この相関関係に全員が注目した。海水位が上昇する段階とまさに合致していたのだ。

オースチンはそこに答えがあるとばかりにコーヒーカップを覗いた。「これがわれわれのつかんだ最大の手がかりか？」

「というか、唯一の手がかりだね」とザバーラが言った。

「いい線だ」とオースチンは答えた。「二時間後、空港にＮＵＭＡのジェット機を待機させる。みんな遅れるな。日本へ飛ぶぞ」

5

東京

贅沢《ぜいたく》な生活に馴れきっていたウォルター・ハンだが、香港の路上で育った彼は世界の陋巷《ろうこう》とそこに棲《す》む人間たちに親しみをおぼえていた。

用心棒三人を連れ、東京の卑《いや》しい街へと向かった彼は、フリーランスの身分で雇った男の店にはいっていった。

挨拶《あいさつ》を交わし、許可を得た一行は電子機器の有無を調べられた。電話を取りあげられ、靴を脱ぐと、ハンは奥の部屋に通された。

目当ての人間はそこにいた。刺青《いれずみ》を入れた、しなやかな身ごなしの男は〈牛鬼《うしおに》〉、あるいは短く〈鬼〉の名で知られていた。男が殺した人の数が、実際には本人が言う半分であったとしても、その評判は幾重にも広がっていた。

床であぐらをかいた〈鬼〉は、赤みがかった光を浴びていた。ハンの記憶より痩せていた。目は一層血走っていた。

「まさかここにもどってくるとはな」と〈鬼〉が言った。

「新しい仕事を持ってきた」

「またアメリカの軍人を誘拐するのか？」

「いや」とハンは言った。「今度はもっと血が必要でね」

〈牛鬼〉は表立って反応しなかった。「驚いたね」と穏やかに言った。「商売をやる人間にそうそう暴力は必要ないぞ」

それはまあそのとおりだ、とハンは心の内でつぶやいた。が、現在の状況では話が変わってくる。仕事をやり終えるころには、多くの場所で血が流れることになる。血と金が。

「金ではなびかず、いずれ厄介な存在になりそうな人間がいてね。その男と取り巻きを片づけなくてはならない。それを代わりにやってくれたら、きみのことも金持ちにしてやろう」

「おれは望むものは手にした」と〈鬼〉は言った。

「ならば、なぜこうして会うことにした？」

「あんたが片親違いの兄弟だから」

ハンは直截《ちょくせつ》なその言葉を受けとめた。ふたりは同じ血筋を引いているが兄弟ではない。〈鬼〉は従兄弟《いとこ》の孫にあたる。「われわれは本物の兄弟になるのだ」とハンは告げた。「きみが手を貸してくれたなら。われわれは新しい兄弟になる。誰にも手出しできない、名うての兄弟に。もう闇《やみ》に隠れて生きる必要もなくなるぞ」

「そこまで言うほど本気でおれが必要なんだな」

「そうだ」

〈鬼〉は骨ばった手を合わせて考えこんだ。「あんたは信用できる。でもな、金をもらってこっちの面が割れちまったりするのは困るんだよ」

「現金で払う。足がつかないように。だが私は完全な排除を求めている。証拠を残さずに」

「それがおれの仕事だ。そいつの名前を教えてくれ」

「そいつらだ」とハンは正した。

「けっこうじゃないか」

ウォルター・ハンはリストを差し出した。そこには五人の名前があった。

「アメリカ人か？」

ハンはうなずいた。「それとフジハラ・ケンゾウ。彼らはじきに顔を合わせる。消してもらいたい。ひとり残らず」

「理由は？」

「それはきみがする質問じゃない」ハンはあえて力を込めて言った。

「あんたは間違ってる。理由を言うか、それともほかに助けを乞うかだ」

ハンは相手の強気に面食らった。「ケンゾウは私の仕事上の利益を脅《おびや》かしている」と口にしたものの、東シナ海で難航する採掘作業に関して、その男が直接指弾する報告書を出そうとしていたことを説明する気はなかった。中国国家の敵とされるアメリカ側とフジハラの接触が不穏な事態であり、何より避けるべきであるということも。

「で、アメリカ人は？」

「機会を狙って私の邪魔をするつもりでいる。だから連中を燃やしてもらいたい。まとめてね。ケンゾウが携わってきたすべてのものとともに」

〈鬼〉はうなずいてリストを置いた。「火をつければ証拠も残りにくいが、金は余計に要る。五人を殺《や》るなら五人分の料金が必要だ。放火となるともっとかかる。前金でね」

「とりあえず半額を」とハンは言った。

つかの間の沈黙は、ハンを不安におとしいれるのに充分なものだった。おそらく身ぎれいな世界に長く浸《つ》かっていたせいだろう。彼は折れる気がないことを必死になって示した。

「まあいいさ」

〈鬼〉が口笛を鳴らすと、ハンの用心棒たちが部屋に通された。低い卓上でブリーフケースが開かれた。ユーロ紙幣が詰まっていた。「残りは連中の死を確認したら」とハンは請けあった。

「希望の日時は？」と〈鬼〉が訊ねた。

「アメリカ人たちはこちらに向かってる。今夜、東京に着く。連中がフジハラと会ったところで一網打尽だ」

6

オースチンはNUMAのジェット機内で目を覚ました。そのまま目を閉じて数分ほど寝そべったあと、身体を起こして周囲に目をやった。機は東京に向けて降下の態勢にはいっている。「NUMAの旅行部門には二度と文句を言えないな」

ザバーラ、そしてポールとガメーは席に座っていた。すっかり目が冴《さ》えた彼らは低声《こごえ》でおしゃべりをしていたが、その調子からして飛行中はほとんど眠らなかったらしい。いずれ後悔することになるぞ、とオースチンは思った。

機上で眠るのは簡単だった。エンジンがつくり出す柔らかなノイズの壁と、静かで仄暗《ほのぐら》いキャビンはどんな睡眠薬よりも効果がある。それに数カ月にもわたって氷上のテントや掘っ立て小屋で寝起きしてきただけに、スリーパーシートは王様のマットレスかと思うような心地がした。

「一〇時間寝っぱなし」ザバーラが時計を見て言った。「なかなかの記録だな」

「冗談じゃない」と応じたオースチンはひげを剃《そ》った頬をさすり、滑らかな感触がもどった肌にわれながら驚いた。

乗務員がユーカリの香りのする温かいタオルを配っていった。それでありがたく顔と首を拭《ふ》くとすっきり覚醒した。

窓外に東京の街明かりが見えた。海からの風が吹いていたため、機は湾を横切って市街を越え、そこから羽田空港とその人工島へと引きかえす降下プロファイルを飛んでいた。

日本は夜で、東京は期待を裏切らなかった。ネオンの迷宮のごとく光り輝き、その中央に東京タワーの赤みがかった尖塔《せんとう》が見えた。

やがて滑走路に着陸した飛行機は、ゲートまでタキシングしていった。

オースチンは早起きした気分で機内を出たのだが、長距離のフライトで時差もあり、日付変更線を越えたために、いまは午後一〇時に近かった。

税関を出て手荷物受取所を抜けるころ、ザバーラが全員の頭に巣くっていた疑問を声にした。「テクノロジーが苦手な友人から音信はあったのか？」

「いいや」ポールが言った。「でも期待はしてないしね。ホテルにチェックインしたら電報を打ってみるよ。それでだめならポニー・エクスプレスで馬に運ばせよう」

「その必要はなさそうよ」ガメーがターミナルの先を指さした。

ビルの自動扉の近くに、白いスラックスにシルクの派手な柄の上着を着た若い女性が立っていた。バックパックを背負って、手に〈アメリカ人ポール〉と書かれたプラカードを持っている。

「あなたのことじゃないかと思うけど」

「六五年のニューヨークに着いたビートルズじゃあるまいし」とポールは言った。

「でも、そういうことにしようかな」

「声をかけてこいよ」オースチンはポールの手からスーツケースを取った。「すぐ後ろをついていくから」

ポールは若い女性のほうに歩いていくとお辞儀をした。

「あなたがケンゾウ先生と会いたいというアメリカの地質学者の方ね？」

「ええ」とポールは言った。「こちらは私の同僚です」

「わたしはアキコ」と若い女性は言った。「ケンゾウ先生の弟子です。先生は湖畔《こはん》の隠れ家でみなさんとお会いになります。とてもいいところですよ。どうぞこちらへ」

彼女はそれ以上言わず、先に立ってビルの外に出るとターミナルの歩道をひたすら歩いた。外の道路には車やシャトルバス、タクシーが群がっていたが、五人を乗せようと停まる動きはなかった。

ポールとガメーが前を行き、オースチンとザバーラは後につづいた。

「湖畔の隠れ家まで歩くんじゃないといいけどな」とザバーラがぼやいた。

「馬車ってこともある」とオースチンは言った。「アーミッシュのスタイルでね」

「それもありだな。なにせテクノロジー反対なんだし……」

「わたしたちはテクノロジーに反対なんじゃありません」雑踏のなかでザバーラの声を聞き取ったアキコが言った。「人間の本質に無理やりはいりこもうとする電子機器に反対してるんです。より原始的な機械とちがって、電子計算機は人間の意思決定を必要としません。毎日の一瞬一瞬、コンピュータとか電話とか、おたがいに話をする装置はアップデートして自身のプログラムを変え、人の居場所や行動まで記録する。この情報を別のデバイスに、サーバーや人のすべての活動を研究するプログラムに伝えて、もともと必要のない商品まで買わせようとするんです。でも、わたしたちはもっと悪い影響がおよぶと考えています」

「たとえば？」

「日本では、若者がコンピュータやビデオスクリーンや仮想現実に、本物の現実や人と人との接触以上に興味をもっています。人はおたがいにつながる能力をなくしてしまいました。レストランやバーやホテルは、食べることも寝ることも、隣りの他人に邪魔されない世界を体験したがる独身者のニーズに応えています。大衆のなかで孤立することが普通になったんです。スクリーンに目を向け、耳栓で外の音や会話を遮断する。ここはばらばらの生活を送る人間が集まった国で、その結果、婚姻率も出生率も下がりつづけています。これが一世代か二世代のうちに変わらなければ、人口は半分にまで落ち込むでしょう。現代では他に見ることもない惨状です」

東京の混雑ぶりを目の前にすると、三〇年で人が半減するとにわかには信じられなかった。

駐車場まで来たアキコが足を止めた。「まず手始めに、携帯電話、ｉＰｏｄ、ｉＰａｄ、カメラ、コンピュータなど身の回りの電子機器を手放してもらいます」

彼女は降ろしたバックパックに機器類を回収していった。四人は各自、電子機器を出してはバックパックに入れた。オースチンはパックの内側に金属箔《はく》のようなものが張られているのに気づいた。

その作業がすむと、パックはいっぱいに膨らんでいた。ひとまとめにされたデバイスの山を見たオースチンは、いまや旅に電子のガラクタをここまで持ち歩いていることに愕然《がくぜん》とする思いだった。

「こういったものを持たずに、おれたちもよく旅をしてたよな」とザバーラが声高に言った。

「小銭を持ってたし」とオースチンは言った。「空港にはそこらじゅうに電話ボックスと呼ばれる代物があったのさ」

ザバーラは笑った。「年齢がばれるぞ、アミーゴ」

「おれは年寄りじゃない。古くさいんだ」

膨らんだパックを肩に背負ったアキコが駐車場に歩いていくと、夜はがぜん面白いものになった。

湖畔の隠れ家に向かうのは、ありきたりの白いヴァンか地味な大型セダンと思いきや、六〇年代の日本車だったのだ。

一台めは光沢のある白のセダンで、往時のＢＭＷにどことなく似ていた。パフォーマンスタイヤを履き、ビンテージのスポイラー、磨かれたクロームのアクセントが施されている。二台めは一九六九年製のダットサン２４０Ｚ。長く低いボンネット、流線形のボディに鰓を思わせるサイドベント。それらすべてが獰猛《どうもう》なサメのような容姿を造りあげていた。

低いルーフラインとかなり前方のフェンダーに置かれたミラーが、停まっていても速そうな印象を醸している。

「美しいマシンだ」とザバーラが言った。

「わたしが自分で組みなおしました」とアキコが答えた。

「へえ。ぼくも車をいじるのが好きなんだ。いつか共同で作業できるかな」

アキコは軽くうなずいただけだった。「これで湖畔まで行きます」と言ってセダンのほうに歩いた。あけたトランクに没収した電子機器のパックを入れた。オースチンはトランク内にも金属が張られているのを目にした。

「いっしょに乗せてもらおうかな」とザバーラが誘いをかけた。

セダンのトランクを閉じると、アキコはドアを開いた。「アメリカ人ポールに乗ってもらいます」

ザバーラはショックを受けていた。

「アメリカ人妻もいますけど」とガメーが言った。

「いいでしょう」とアキコは答えた。「おふたりは後をついてきてください。遅れないように。すでに監視されているかもしれないので先を急ぎます」

アキコが投げたキーを、ザバーラが宙でつかんだ。「おれが運転する」とにやついた。

肩をすくめるオースチンを横目に、ザバーラはクラシックのスポーツカーに向かって颯爽《さっそう》と歩いていった。ザバーラが左側のドアを開くと同時に、オースチンも右のドアに手をかけた。ふたりはバケットシートに身を沈めた。

ステアリングを握ろうとしたザバーラだが、目の前にはダッシュボードしかなかった。ステアリングはオースチンの前に――〝間違った〟側に――あったのだ。

「日本は右ハンドルだ」とオースチンは言った。「新しい友人と車を組み立てるまえに、日本の自動車の歴史を学びなおしたほうがよさそうだ」

「笑わせるね。ちょっとした不注意さ。時差ぼけのせいだ」

「仮眠を取ればよかったのに。八、九時間も寝れば効果もある」

ザバーラがよこしたキーで、オースチンは車を始動させた。エンジンはすぐに点火した。エグゾースト音が白いセダンから来る響きと完璧なハーモニーを奏でた。

アキコは迷いもなく車を出し、出口に向かった。オースチンはギアをリバースに入れてバックした。すばやいシフトチェンジで、車は東京の夜へと走りだした。

もう大昔という気もするが、オースチンは八カ月近く日本に滞在したことがあった。イギリスやオーストラリア、バルバドスでもずいぶん車を走らせた経験がある。それだけに左側通行は苦にならなかった。危険があるとすれば、交通量の少ない交差点を曲がるときぐらいだろう。ほかに車が走っていないと、脳が深く染みついたパターンにもどってしまい、うっかり道路の反対側を走行してしまったりするのだ。

彼らは渋滞を縫って街のはずれまでゆっくり移動した。そこから高速道路にはいると、アキコはスピードを出しはじめた。オースチンはギアを落としてアクセルを踏んだ。まもなく二台は競いあうように、南西に向けて時速一〇〇マイル近くで走っていた。

「おれたちが監視されてるなんてことがあるのか?」とザバーラが訊ねた。

「それらしいのは見てないが、彼らはこの国の価値観とは相容《あいい》れない秘密組織だからな」

オースチンは手を伸ばし、ラジオのマニュアル式のアナログボタンを押していった。そうすることで古いAM/FMラジオの針が動いていくのだ。

「子どものころ、こんなラジオがテクノロジーの最先端だった」

ザバーラは笑った。「あのレディが言ったように、彼らはデジタル機器に反対してる。アナログラジオはオーケイ。この車にはキャブレターがあって、カムシャフトの開きとバルブの閉じを手動で調整するのはコンピュータを搭載する以前の仕組みだし、エンジン制御装置にしても製図版の上で引かれたものさ。これぞ機械だね。自分で勝手に考えたりしないで、ドライバーの命令に従うんだ」

オースチンは車線を変えて加速し、アウディと新車のレクサスを瞬《またた》く間に追い越した。「そうだな」

一時間あまりもすると道路は山麓《さんろく》に差しかかった。さらに一時間走って高速を降り、周辺道路を行った。舗装路はくねるように山中にはいると、ここで初めて暗闇のなかを走ることになった。

アキコの後から不馴れな道をたどるのは大変だったが、やがて高原に出てほぼまっすぐな道路を進むにつれ、遠方に煌《きら》めく湖が見えてきた。

湖岸が近づくと、アキコは速度を落として未舗装路に折れた。

「家の一軒も見えない」とザバーラが言った。「隠れ家と呼べそうなものはないね」

「水辺の丸太小屋とかテントっていう線もある」またもでこぼこの地面に寝るのか、とオースチンは浮かない気分で返した。

湖畔を走っていった先に、一〇〇フィートほど離れた小島に渡した木製の道があった。

アキコはその橋に低速で車を乗り入れ、そのまま前進させた。橋の幅が運転していたセダンと変わらない程度だっただけに、慎重な取り回しという感じだった。

島に近づくにつれ、セダンのヘッドライトが分厚い石壁と、ゆっくり下がってくる跳ね橋を照らし出した。

「これは島なんかじゃない」とザバーラが言った。「城だ」

古代の砦《とりで》には切った石を積んでそそり立つような城壁があり、その奥にパゴダ形式の大きな建物がそびえていた。

「ドラゴンに気をつけろ」ザバーラは言った。「ここはいかにも出そうな場所だ」

オースチンは道のほうに注意を向けていた。ハイビームでドライビングライトも点灯させていると、否が応にも木橋の狭さに目が行った。しかも相当にがたが来ている。

「あんまり頑丈な構造じゃないな。でもセダンが大丈夫なら、われわれも無事だろう」

跳ね橋が固定され、セダンがそこを渡って城内にはいっていった。

「おれたちの番だ」とザバーラ。

オースチンは徐行で厚板の上に乗りあげた。車の位置にいまひとつ自信がもてず、窓を下ろしてフロントタイヤを見ようと開閉ボタンに手を伸ばした。が、探り当てたのはボタンではなく手動のハンドルだった。

もう何年かぶりに窓を巻きおろすと顔を突き出した。フロントタイヤのサイドウォールが橋の縁すれすれにあった。

「こっちは余裕たっぷりだ」とザバーラが言った。

「たっぷり?」

「最低三、四インチはある」

「それは心強い」

オースチンはザバーラの側に寄せながら車を前進させた。低速で進む足もとの板がぎしぎし鳴った。跳ね橋はそこまでの道よりわずかに幅があり、下面が装甲されて明らかに頑丈な造りになっていた。そのまま渡ると、かつては厩《うまや》だった広い車庫があった。

すでに駐《と》まっていた十数台は、細部までレストアされた五〇年代、六〇年代、七〇年代の車輛《しゃりょう》である。

オースチンはビンテージのミニクーパーの横に空いていたスペースに駐車した。ミニのルーフには、伝統的なユニオンジャックの代わりに日の丸が描かれていた。「なかなかのコレクションだな。報告書を読んだダークが嫉妬するぞ」

ダークとは、NUMA長官ダーク・ピットのことである。ピットは機関のトップに上りつめるまで、長らく特別任務部門の責任者を務めていた。世界を股《また》にかけたピットの冒険は広く知られている。クラシックカーをこよなく愛する彼は、海外の旅先で購入した車を持ち帰ってレストアして、自宅の二倍はあるワシントンの飛行機格納庫に展示しているのだ。

「そうかもしれないな」とザバーラが応えた。「ダークの好みでいうと、これより一、二世代古いやつが多いけどね」

オースチンはエンジンを切り、ハンドブレーキを引いて車を降りた。

灰色のローブに、腰で白いサッシュを巻いた若い男が近づいてきてキーを受け取った。同じ格好をした女がアキコからキーを取った。オースチンは、そのふたりが鞘《さや》におさめた長い剣を腰に差しているのを見逃さなかった。壁沿いには刀、槍、斧《おの》など古代のあらゆる武器とともに甲冑《かっちゅう》が置かれていた。

磨きあげられた旧車群が並ぶ車庫には不釣り合いな飾りという気もしたが、古代の武器には車と同じく蒐集《しゅうしゅう》する喜びと価値があるのだろう。

「わが城へようこそ」朗々とした声が響いた。

オースチンは顔を上げ、車庫の層の上にあるバルコニーに声の主を認めた。肩章《けんしょう》があるぴったりした黒いローブを羽織り、腰に紅白のサッシュを巻いていた。腰に佩《は》くのは短剣ではなく、曲線を描くサムライの刀だった。黒髪をひっつめて髷《まげ》を結い、顔には薄くひげをはやしている。

「私はケンゾウ・フジハラ、あなたがたを奥に通すまえに検査をしなくてはならないが、どうかご安心を。われわれはあなたがたを客人としてもてなす」

ローブを着た別の従者の一団が現われて検査をおこなった。「サムライ・ディズニーランドに迷いこんじまった気がするのはおれだけか？」とザバーラが低声で言った。

背後では跳ね橋が閉じかけていた。大きな響きをともなって橋が閉じると、すぐに固定用の鉄棒の擦《こす》れる音がした。

「電話もeメールもなけりゃ、出口もない」とオースチンはひとりつぶやいた。「彼らが人を不当に拘束して罪に問われる理由も思いつかない」

7

ケンゾウの城

ＮＵＭＡの各メンバーが受けた身体検査は、アメリカの空港でおこなわれるボディチェックほどではなかった。唯一両者の真の違いはというと、ケンゾウの信奉者二名がごつい装置を構え、客の身体の前と後ろを、上から下までゆっくり通していくことだった。

自分の番が来ても、オースチンが何かを感じることはなく、また何らかの表示を目にしたわけでもなかった。だがその装置の重量、太いワイア類と一個だけ付いた赤いランプがその意図を物語っていた。「電磁石？」

「そのとおり」とケンゾウが言った。「バッテリー駆動で操作は手動だ。あなたがたが電子機器のプログラミングやメモリーを身に着けていたり、体内に隠していた場合、それらを消去するだけの威力がある」

オースチンは同様の扱いを受けて返された腕時計を手首にもどした。「あなたのことを記録することに、われわれが興味を持っているとお考えになる理由は？」

「あなたがたはアメリカ政府の下で働いている」とケンゾウは言った。「東京にいる政治家たちと距離が近い。彼らはさまざまな機関を通じて、わが信奉者と私を長年苦しめてきた」

「断言しておくと、ぼくらがここに来たのはそんな理由じゃない。とにかく、アメリカ人ポールに説明させてやってくれないか？」

ポールが前に出た。「ぼくたちが興味を持ってるのは、あなたのZ波の研究と、他には誰も気づいていない地震のことなんです」

「電報で伝えてきたとおりだな」とケンゾウは答えた。「でもなぜ？　これまで私の言い分は一笑に付されてきた。もしZ波が現代的手法で探知されなければ、現代の議論とは筋違いとされるにちがいない。そうじゃないかね？」

「ぼくらはそれが別の事柄と関係するのではないかと考えてます。一年まえから上昇のはじまった名目水位ですが、最近そのスピードが加速しているんです」

「私がZ波を検知しだしたのがちょうど一一カ月ほどまえだ」

ガメーがずばり要点を突いた。「それはどんな方法でやるんですか？　だって、テクノロジーを使わないんだったら……」

ケンゾウはガメーを睨みつけた。「そこが大きな疑問じゃないかね？　きみたちにはコンピュータを使わずとも、そういったことを検知できる方法があることをぜひ理解してほしい。たとえば、動物は地球の震動に非常に敏感だ。機械でいえば、はるか昔の一世紀に、張衡《ちょうこう》という中国の学者が地震計を開発している」

そのことはポールも知っていた。「ええ。独創的な装置です。たしか真鍮《しんちゅう》の大きな円筒の側面に八匹のトカゲの彫像を配したものですね。トカゲはそれぞれ球をくわえている。地震で宮殿が揺れると、その球が口から転がり落ちる。最初に落ちた球が震源の方角を指す」

「まさにそれだ」とケンゾウは言った。「われわれの手もとにあるレプリカを、あとでご覧に入れよう。きみが目にするトカゲは実は中国の龍で、落ちた球は青銅のカエルの口が受けとめる。そんな細部まで見逃してはいけない」

「ここにはドラゴンがいそうだって話はしたよな」とザバーラが言った。

「彫像のことはどうでもいい」オースチンはそう応じるとケンゾウに対した。「われわれは、ここに真鍮の筒と大口をあけたカエルより信頼できるものがあると期待しているんです」

「ついてきなさい」とケンゾウが言った。「お見せしよう」

先頭に立ったケンゾウは玄関から廊下を行った。オースチンは、その傍らにアキコがぴったりくっついていることを意識した。それも従者というよりボディガードの雰囲気だった。

一行は中庭を抜け、水上にめぐらした胸壁沿いに進んだ。月影の下、湖はガラスのようで、外側の石垣と城の間にある空堀を見ることができた。

興奮したザバーラがオースチンの肩を叩いた。「あれは？」と指さした。

オースチンは空堀を見おろした。コモドドラゴンが数頭、太く短い脚で這《は》いまわっている。「たまげたな。ここにドラゴンがいたとは」

ザバーラはにんまりした。「やつらの食事の様子を見たいな」

「あとでな」とケンゾウが言った。

空堀に架かる小橋を渡って大広間にはいった。その装飾はというと、古代日本と産業革命初期の奇妙な折衷だった。

天井の一部と壁一面がガラス張りになっていた。反対側の壁に取り付けられた銅製の備品とパイプは竹のパネルの裏側に消えている。室内中央に赤いベルベットのカウチが配され、古い石の炉にはぜる火で暖を取れと誘ってくる。周囲には艶《つや》やかな木のテーブルやアンティークの地球儀、ばねや梃子《てこ》や歯車を多用した不思議な機械仕掛けがいくつも置かれていた。

武器を構えるからくりもあれば、バルブと小さな圧力タンクがつながれているのは大昔の潜水器具だろう。そのほかにも理解不能な仕掛けがある。

一隅には手動式のガトリング砲が置かれていた。

「まるで骨董品《こっとうひん》店ね」とガメーが言った。

オースチンは思わず頬をゆるめていた。風変わりなものを愛する人間として、この場所は期待を裏切ることはなかった。「たしかに趣きがあるな」

遠い壁のほうに歩いていったケンゾウが、広いキャビネットの前で足を止めた。

「これが私の検知器だ」

ケンゾウはステンドグラスの扉の一枚を開き、その仕組みを露わにした。きつく張られた数百本もの細いワイアに、クモの巣に捕らわれた昆虫のように留められた水晶が光を放っていた。それぞれ形もサイズも異なっている。

「ご存じだろうが、水晶振動子は電界に置かれると発振する。これら金のワイアは完璧な導体だ。地震が起きると大量の力学的エネルギーが解放される。その一部が電磁気となる。地球から外に向けて放出されたエネルギーは、ワイアを通過する際に水晶に電荷をあたえて調和振動を生み出す。それがZ波の信号となってわれわれに伝わる。そんなデザインを利用する人間はほかにいないから、誰にも検知ができないのだ」

「これは？」数ヤード離れた場所からザバーラが訊ねた。

生来、好奇心が旺盛《おうせい》のザバーラは粗を探すのも得意だった。すでに嵩のあるキャビネットから離れ、縁に銀箔をあしらった大地図の前にいた。広間にあるものの例にもれず、ある意味古風な地図だったが、なぜか現代の赤いペンで多数の線が引かれていた。

「それはZ波の波列が取った進路だ」とケンゾウは説明した。

ポールがケンゾウを伴い、ザバーラの立つほうへと行った。オースチンはガメーに寄り添って遠くから見守った。誰が懐疑的なのかは明らかだった。

ケンゾウは手にした色褪《いろあ》せた分度器をポインター代わりに、長い直線箇所に一同の注意を惹いた。「各到来波はその強さを計測され、図に書き入れられている。いずれも別個の事象で、ほかに気づいている者もいないので、私は幽霊地震と呼んでいるが。残念ながら、波が来た方向をたどれるだけで正確な位置は特定できない。しかし、波はこの方角に沿って伝播《でんぱ》していった」

「位置を特定できないのはなぜですか?」とガメーが訊いた。

「それをするには第二の場所が必要だ」とケンゾウは主張した。「無線信号を傍受するのと同じで、受信機一台なら方向はわかるが、位置をつかむには二台の受信機で十字線をつくらないとな」

「だったら第二の場所に設置すればいいのでは?」

「設置した。だが設置してから一週間、新たな事象は起きていない」

オースチンはガメーに耳打ちした。「せっかく雪男がキャンプに現われたのに、あいにくフィルムが切れたって感じだ」

「そんなことってあるかしら」

「各ラインの脇に書かれた数字は何ですか?」とポールが訊いた。

「日付と強度の指標だ」とケンゾウは即答した。

月/日/年の順で表すアメリカ式の日付表記法でも、日にちを最初に書くヨーロッパ式ともちがって、日本式は最初に年、つぎに月、日が来る。

それに通じていたオースチンには地図が理解できていた。もしケンゾウの主張が正しければ、Z波は九〇日間で日々頻度と強度が倍増していた。

ケンゾウがそのことを説明していく最中に、ステンドグラスの扉の脇にあるライトが点滅をはじめた。

　急ぎ足で近づくケンゾウをよそに、箱の内部から静かな音が鳴りだした。数本の金の糸がかすかに振動していた。古い蓄音機から造られたようなオシログラフが、二次元の波形を描いていった。

「新たな事象だ」とケンゾウは浮ついたように言った。「第二波群だな。これは震源を突きとめるチャンスだ」

　そして大きなデスクに駆け寄り、昔のラジオ局のブースにあったニッケルメッキのマイクをつかんだ。オースチンには、かつてラジオのニュース番組で「こんばんは、ミスター&ミセス・アメリカ、国境から国境まで、海岸から海岸まで、洋上を行くすべての船上へ」と語りかけるウォルター・ウィンチェルの姿が目に浮かぶようだった。

　スイッチをいくつか弾《はじ》くと、ケンゾウは呼びかけた。

「オガタ、私だ。応答しろ」通話スイッチを放して待ち、ふたたび呼びかけた。「オガタ、聞こえるか？　いまの事象を捉えているか？」

　やがて、うわずった声が返ってきた。「ええ、先生。捉えています」

「方向はわかるか？」

「お待ちを。信号が一定しません」

ケンゾウは客たちのほうを見た。「われわれはこれを待っていたんだ。あなたがたの来訪も運がよかった」

まったくだ、とオースチンは思った。

スピーカーにオガタの声が返ってきた。「これをレベル3の波として計算しますと、方位二四五度」

「待機しろ」ケンゾウは自身の機械のほうに駆けもどり、大きな真鍮のレバーを使って慎重に回転させた。錫《すず》製のジンバルの上で滑らかに回った。「二六〇」と方位計の数字を読みあげた。

つぎに地図のところへ行き、そこに大きすぎる分度器をあてた。城がある現在地から二六〇度方向に直線を引いた。線は日本を横切るように長崎を越えて海に達した。この作業に納得したケンゾウは、今度は別の場所にいるオガタの現在地を定め、そこから二四五度方向に線を引いていった。

二本の線は東シナ海で交わった。交差点は構造プレート付近ではなかった。オースチンが見るかぎり、そこは完全に大陸棚の上であり、上海から一〇〇マイル程度しか離れていない。

同じくケンゾウも当惑している様子だった。線を引き終わると急いでマイクをつかんだ。「この数字に間違いはないか？　再確認をたのむ」

オガタの声が聞こえてきた。「お待ちくだ――」

　突っかかるような連続音がして応答が途切れた。

「あれは――」とガメーが言った。

「銃声だ」オースチンは身を固くした。

「オガタ、聞こえるか？」とケンゾウは無線に呼びかけた。「大丈夫か？」

　ひどい雑音がつづいたあと、「男たちが丘を登ってきます。手には――」

　さらに銃声がして言葉が尻切れとなってからも、回線はそのまま悲鳴や何かが爆発する音を拾っていた。

「オガタ？」ケンゾウがマイクをきつく握って叫んだ。「オガタ！」

　ケンゾウの顔は蒼白《そうはく》で、手がふるえていた。追いつめられたその表情は、これが芝居の一部ではないと語っていた。

　応答を待つうちに、城の上のほうから重く陰気な鐘の音が聞こえてきた。悲しげな音色がくりかえし共鳴した。

「あれは何だ？」

「われわれの警報だ」とケンゾウが答えた。

背後で大広間のガラスが砕けた。振り向いたオースチンは、窓を突き破った物体がこちらに転がってくるのを目にした。

8

ガラスが割れたとたんオースチンは前に飛び出し、ケンゾウに覆いかぶさって重い机のむこうに倒れこんだ。目の端で、物陰めがけて飛ぼうというポールとガメーの姿を見た。ザバーラはというと、弾む物体を二塁手さながら素手でつかみ、飛んできた方向に投げかえした。

ガラスに二個めの穴をあけた手榴弾《しゅりゅうだん》は離れた場所で炸裂《さくれつ》した。近くの人間を殺傷する威力をもつ爆弾だが、本来は炎をひろげ、ゼリー状のガソリンを撒《ま》くために設計されたものである。これが太陽のごとく火を燃えあがらせると、広間の窓をことごとく破り、溶融液と割れたガラスを雨と降らせた。

ガラスの落下する音がやむと、湖上を走るモーターボートの爆音が耳に届いた。直後には散発的な銃撃が起きた。

オースチンは半身を起こそうとする主人に手を貸した。「あなたの城は包囲されているぞ、ケンゾウ先生」

「なぜだ?」とケンゾウは洩らした。「誰に?」

「同じ質問をあなたにしよう」

「われわれのことは助手たちが護ってくれる」ケンゾウは誇らしげに言った。

銃撃はこれから厳しい戦いになるという予兆だった。「剣と投石器よりましな武器があればの話だな」

「これはどう?」ザバーラが古いガトリング砲の脇に立っていた。「弾薬はあるのか?」

「数箱」

ザバーラはブレーキをはずすと肩を枠にあて、古い兵器を窓辺まで転がしていった。

「ほかには?」とオースチンは言った。

「櫓《やぐら》に大砲がある」

「スピードボートにはあまり役立ちそうにないな」周囲に目を走らせたオースチンは、棚に弩《いしゆみ》と鏃《やじり》が鉄の矢を見つけた。「ジョーに弾薬を渡してくれ」とケンゾウに向かって言った。「頭は下げたまま」

オースチンは壁に寄って照明を消し、棚から弩をつかみ取った。すでにポールとガメーも姿を見せていた。ポールは手に槍を、ガメーは棍棒《こんぼう》を持っている。持ち手に何かが巻かれていたが、オースチンにそれを訊ねる余裕はなかった。

「きみたちふたりはここに残れ。手に負えなくなったらガレージへ行け。ただし余程のことがない限り、跳ね橋は下ろすな」

「あなたはどこへ？」とガメーが訊いた。

オースチンは矢筒を背負った。「櫓だ。誰かが高地を押さえないと」

部屋を出ていくオースチンと入れ代わりに、ケンゾウとザバーラは弾薬箱をふた箱持ちかえった。手当たり次第という感じで飛んでくる銃弾を避けながら箱をあけてみて、ザバーラはその中身が銃の本体同様に古色蒼然としたものではなく、現代の弾薬であることを確かめて胸を撫《な》でおろした。

「これをどこで手に入れた？」

「年季を積んだ鉄砲鍛冶につくらせた」

「その彼がいい仕事をしてることを祈るよ」

ザバーラは弾薬を箱からすべて給弾口に投入すると、クランクをつかんで銃を下に向けた。

滑らかな動作でクランクレバーを回し、銃身を回転させた。吸いこまれていった弾薬が、その後の半回転で夜闇に穴を穿《うが》ちはじめた。ザバーラはむやみに銃弾を消費しないようにゆっくりレバーを回した。

「もっと下だ」とケンゾウが言った。

銃身を傾けて再度発砲するうち、室内には青い煙が充満していった。


オースチンが胸壁を半ばまで駆けたころ、ガトリング砲の最初の銃声が聞こえてきた。振りかえれば窓から硝煙が流れ出していた。下に目をやると、スピードボートの船首付近の湖面に点々としぶきが上がっている。

操縦士がスロットルを開き、ボートを闇のなかへと旋回させた。それと同時に飛び出してきた別の一隻《せき》の船首で、ひとりが大広間に向けて掩護《えんご》射撃をおこなう一方、もうひとりが手榴弾を投げる準備をはじめた。

つづく射撃に建物が襲われ、ガトリング砲が沈黙した。ザバーラは身を隠さざるを得なかったが、オースチンのほうは自由が利く。壁越しに立って弩の狙いを定め、引き金をひいた。

古い武器はすんなり弓を弾き、いとも簡単に矢を飛ばしたが、時を置いたせいで矢羽根が歪《ゆが》んでいた。狙いをはずれた矢はカーブの悪球のような回転をしながら沈み、男の胸には当たらず足に刺さった。

男は痛みに叫んで手榴弾を取り落とし、それを拾おうとして悲鳴をあげた。足がファイバーグラスに釘付《くぎづ》けになっていた。ボートが炎に包まれ、男の声は掻き消された。

また別のボートに乗っていた男たちが、オースチンを認めて発砲をはじめた。オースチンは厚い胸壁の陰に身をひそめ、背後の石に跳ねる銃弾の音に耳をすました。

「一隻撃沈、あと三隻」

銃撃を避けようと床に伏せていると、外で爆発が起きた。ザバーラは窓辺まで這って様子をうかがった。

いまやスピードボートは高速で航行していた。城壁を掃射して石を削っている。ザバーラは敵を撃とうとしたが、旧式の武器は重く、ボートを狙おうにも思いどおりにさばけない。発砲しては銃を肩で押し、ふたたび撃った。ふた箱めの弾薬を手にしたそのとき、最後のボートが視界から消えた。

「撤退するのか?」とケンゾウが訊いた。

「撤退じゃない」とザバーラは言った。「島の反対側へ向かってる」

まもなく敵の銃撃が再開された。今度は島の裏側からだった。

「そろそろ当局に通報してもいいころじゃないか？」

「電話を持ってない」

「無線を使え」

ケンゾウは古い短波無線機のもとに駆け寄り、マイクを試すと日本の緊急連絡用の周波数に合わせた。

「こちら7……J……3……X……X……Z……」ケンゾウはアマチュア無線で使用する自身のコールサインを口にした。「緊急の警察出動を要請する。現在、武装した集団に攻撃されている。くりかえす。武装した集団に攻撃されている……」

応答はなかった。聞こえるのは空電のみ。

「アンテナだ」ケンゾウは割れた窓を指して言った。「外にある」

「つづけろ。いつまでも食いとめてられない」

その言葉を裏づけるように、飛んできた引っ掛け鉤《かぎ》が城壁に食いこむ金属的な音がした。

ザバーラはガトリング砲の位置を調整して待った。鉤が揺れたと思うと、城壁の上に男が現われた。男は壁を乗り越えてしゃがみ、そこに第二の男が追いついてきた。

ザバーラは砲身を上げてクランクレバーを前方に押し出した。レバーは半インチ動いた位置でつまった。

前後に動かしても埒《らち》が明かず、古い銃の弾詰まりを解消する方法はまるでわからない。

城壁の上に、さらに二名の襲撃者が登場した。「潮時だ」とザバーラは言った。「側面に回られちまう」

空堀を横切り、本棟にもどったオースチンは見つけた階段を一気に昇り、天守の三階まで行った。闇から踏み出したとたん、顔めがけて剣が一閃された。きわどく避けると、その刃が背後の壁を削った。

弩を破城槌《はじようつい》代わりに突進すると、ぶつかった相手はアキコだった。アキコは床に倒れた。

「ミスター・オースチン」

「そいつを振る場所には気をつけてくれ」

「ごめんなさい。敵の一味かと思って」

助け起こしたアキコは、剣をきつく握ったまま後ずさった。

彼女は金属板を縒《よ》り糸でゆるくつないだベストを着ていた。「わざわざ着換えたんだな」

「わたしは甲冑師です。ケンゾウを護らないと」

オースチンは脇を通り抜けようとするアキコの腕をつかんだ。「ぼくの友人たちがケンゾウといっしょにいる。彼らがケンゾウを護る。櫓に連れていってくれ。こっちで高い位置を取らないと。上からなら敵を城壁から追い払うことができる」

「こちらへ」

踵《きびす》を返したアキコは扉を引き、階段を駆けあがった。その後を追いながら、オースチンは重いベストを着たアキコの俊敏な動きに目を瞠った。

やがてふたりは櫓の最上層にめぐらされた台上に出た。そこには対人用の小型大砲が一基、火薬袋とピラミッド状に積まれた鉄球とともに備えられていた。望むほどの量はあったが、大砲はどうにも扱いづらい。オースチンは弩を手にして手すりに寄った。

この高さからは曲輪《くるわ》のほぼ全体を見渡すことができた。どうやら状況はかんばしくなかった。「すでに敵は城壁を越えている」動きまわる三つのグループが確認できた。オースチンは開けた場所に出てきたグループを狙って矢を放ち、リーダーの太腿を射抜いた。男が倒れるのを見て弩を置き、矢をつがう間に、アキコが長弓を持って前に出た。

狙いをつけるでもなく放った矢で、瞬く間にふたりめを制したアキコはつぎの矢を射た。これも標的に命中した。ひとりはその場に倒れた。武器を取り落として物陰に逃げこもうとするもうひとりに、アキコはあらためて狙いを定めた。

三本めの矢が唸りをあげて飛んでいったが、標的は飛び出た壁の後ろに身をすくめ、矢ははずれて石に当たった。それでも被害をあたえたことに間違いはなく、襲撃者の集団を退却に追い込んだ。

「こっちの分も残しておいてくれ」とオースチンは冗談まじりに言った。

そのユーモアはアキコに通じなかった。「残念だけれど、敵はまだ大勢残っているわ」

それを証明するかのようにアサルトライフルの銃声がして、弾丸がふたりの頭上の木をこそげ、重い鉄鐘に弾けた。

床に膝《ひざ》をついたオースチンとアキコが櫓の中央で身を寄せると、今度は反対側から銃弾が飛んできた。

「ぼくらは十字砲火の餌食《えじき》にされてる」オースチンは手すりまで這っていき、下を覗いた。「むこうは壁の裏に隠れてる。あの大砲をぶっ放すタイミングかもしれない」

ふたりが行動を起こす間もなく、反対側でくぐもった爆発音がして炎と煙が上がった。

「モロトフ・カクテルよ」とアキコが言った。

「牡蠣《かき》もキャビアもなしでね」とオースチンは返した。「まったく野蛮だな」

鳶色《とびいろ》の炎が天守の縁を嘗《な》め、その舌を櫓の屋根に向けて伸ばしはじめていた。古代の木はすっかり乾燥し、そのうえ油性の塗料が塗られている。有害な黒煙が立ちのぼってきた。じきに火も上がってくる。

「ここから逃げないと」とオースチンは言った。

「高い位置を取ると言ったのはあなたよ」

「高い位置がバーベキューになるまえの話さ」

オースチンはアキコをうながして階段を降りていったが、扉は開かなかった。肩で押してもびくともしない。

「何かが押しつけてある」アキコは上部にある小窓を覗いて言った。

後ろにさがったオースチンは、身体を槌のように打ち当てようとした。だが動こうとした寸前、反対側からの斉射で木の扉は蜂《はち》の巣にされた。

オースチンは階段に貼りついて弾を避けたが、アキコは胸を二発撃たれて後ろに倒れた。

飛び出したオースチンは扉の小窓から弩を突き出し、下を狙って引き金をひいた。扉のむこう側で悲鳴があがった。つづいてガラスが割れ、またもモロトフ・カクテルの炎が上がった。小窓の先に揺れるオレンジの光が見え、外が美しいつづれ織りや古い調度もろとも火に呑まれたことがわかった。

つぎの銃撃にそなえて姿勢を低く保ちながら、オースチンはアキコのほうに這っていった。脇を下に倒れたアキコは、腹部を押さえていたが出血はなかった。古風な金属板の下にケヴラーの防弾ベストの網がのぞいていた。

「きみがそんなものを着けてるのが不思議だったんだが、やっぱりテクノロジーすべてが悪者ってわけじゃないな」

アキコは苦しそうな笑みを浮かべた。「外に出ないと。これは煙から身を護ってくれない……」

「立てるか?」

「たぶん」アキコは身を起こしたそばから身体をふたつに折った。

アキコが咳《せ》きこみだした。オースチンも肺に痛みを感じていた。ここから脱出する方法を早く見つけなくては。彼は階段を振りかえると大きく息を吸い、濃くなっていく煙のなかに飛び込んでいった。

9

「こっちだ」とケンゾウがうながした。「急いで」

ケンゾウは昂《たかぶ》った声でしゃべりながら、ザバーラの知らない古城の一画へと導いた。

「これは通ってきた道じゃない」とザバーラは言った。

「近道だ。こっちの姿は見えない。敵が外で、われわれが城内にいる場合、このほうが断然有利だ」

行き着いた木製の扉を、ケンゾウは古風な鍵《かぎ》を使ってあけた。外に向かって開いた扉が何かに当たった。

そこを抜けると円形の広間に出た。倒れていた死体のせいで扉が全開しなかったのだ。ケンゾウは死体の脇にかがんだ。「イチローだ。昔から私を慕っていた男だ。家族の虐待を逃れて私と行動を共にした」

しゃがんで男の脈を探ったザバーラにも、ひと目で手遅れとわかった。イチローは至近距離から銃弾を浴びていた。「死んでる。これはつまり、襲撃者が城の内部にいるってことだ」

ケンゾウはうなずいた。「問題はその人数と、いまどこにいるかだ」

血痕《けっこん》がむこう端にある扉までつづいていた。「あっちに行くのはやめましょう」とガメーが口にした。

外で銃声が激しくなった。騒乱の度が増しそうな気配だった。木の燃える臭《にお》いが強くなってきた。「来た道を引きかえすことはできないよ」とポールが言った。

離れた向かいに第三の扉があった。もうひとつの選択肢は、広間を取り巻く階段を昇って小さな扉へ向かうことだった。

立ちあがったケンゾウが第三の扉に走り、把手《とって》を握って引こうとした。

「待て」ザバーラは叫んだ。

遅かった。

ケンゾウはすでに扉をあけ放っていた。淀《よど》みきって空気もろくになかった廊下に新たな酸素が流入したことで、それまで抑えつけられていた火と煙がたちまち勢いづいた。

その火勢にケンゾウは後方へ吹っ飛ばされた。縫いぐるみさながら、火だるまになって床に投げ出された。

ザバーラはケンゾウのもとに駆け寄ると、脱いだ上着で身体を包んで火を消そうとした。ガメーもそれを手伝い、ポールは広間に火の手が伸びるのを防ごうと扉を閉じた。

「顔を火傷《やけど》してる」とガメーが言った。「手も。服のおかげで最悪はまぬがれたみたい」

ケンゾウは一度、二度と呻き声を洩らしたが、言葉は発しなかった。

「かなり激しく頭を打ったからな」とザバーラは言った。「おそらく意識がない。手当てができるまで、この状態でいてくれることを祈ろう」

ザバーラはケンゾウを肩に担《かつ》ぎあげて上の扉を指さした。「階段を上がる。あそこが唯一のチャンスだ」

「敵に姿をさらすことになるわ」ガメーが棍棒を握りしめた。

「チャンスはろくにない。おれたちは燃える迷路に迷いこんだ鼠《ねずみ》で、ここのレイアウトを知るのはケンゾウだけなんだ」ザバーラはふたりを急かした。「階段の安全を確認して。おれはケンゾウを運ぶ」

ポールがすぐ後ろにガメーを従えて階段を昇っていった。ふたりは熱さを確かめてから扉を開き、外に出た。

ザバーラはその後を追い、担いだケンゾウに注意しながら頭を低くして扉を抜けた。

ポールとガメーは胸壁に立ちつくしていた。パゴダ全体が燃えていたのだ。凝った装飾をもつ木造四層の天守が炎に呑まれていた。

「カートがあの塔のなかに残ってないといいんだけど」とガメーが言った。

「彼は抜け目がないから」とポールが応じた。

「先へ進もう」ザバーラはうながした。「水辺まで行かないと」

彼らは外壁に向けて橋を渡っていった。そろそろ渡り切るかというころ、背後の扉から二人組の男が駆け出てきた。

「こっちに向かってくる」とポールが言った。「やつらに見つかったら、ぼくらはひとたまりもないぞ」

「ほかに方法がないんだ」とザバーラは言った。「ケンゾウをたのむ。隠れる場所を見つけろ。こっちでできるだけ友人たちの目を惹きつけておくから」

ポールは槍を壁に立てかけ、ザバーラからケンゾウを受け取った。怪我人《けがにん》を肩に乗せた格好で、ガメーの後から水辺への道を進んでいった。

夫妻が離れていくとザバーラは槍をつかみ、振りかえってしゃがんだ。

追っ手は煙のなかを橋に向かって走ってくる。彼らもまた地獄から脱出しようと必死なのだろうが、トラウト夫妻とケンゾウを見つけたら躊躇《ちゅうちょ》なく銃を向ける。それをさせるわけにはいかない。

身をひそめていたザバーラは、追っ手のふたりが目の前に来るのを待って立ちあがり、槍を鋭く振った。ひとりめが腹部を打たれて身体を折った。それに反応したふたりめが拳銃《けんじゅう》を構えたが、返した槍の穂先が襲撃者の手から武器を叩き落とした。岩間に落ちた銃が暴発した。それでも男はザバーラに跳びかかった。ふたりは揉みあったすえに壁から転落した。落ちた先は湖ではなく、コモドドラゴンが待ち受ける後方の空堀だった。

オースチンはケンゾウの対人用大砲を抱えて階段を降りた。目が焼けるようで、涙が出てろくに見えないまま、あやうくアキコにつまずきそうになった。アキコは扉の隙間の近くで横たわっていた。煙突効果で新鮮な空気が流れこみ、階段を抜けていくおかげでふたりは生きていられたのだ。

大砲を床に置いて深呼吸をした。

腹這いで近づいてきたアキコとともに、オースチンは爆薬と八ポンドの鋼製砲弾を装塡《そうてん》していった。手もとに火縄桿《ひなわざお》もライターもなく、降りてくる炎で燃やした紙切れを信管に押しつけた。数秒が経っても変化は起きなかったが、ようやく信管が反応して火薬に点火すると、八ポンドの弾丸が扉を粉々に打ち破った。

「こいつが役に立つとは思わなかったな」とオースチンはつぶやいた。

ふたりは木片を押しのけてひろげた穴を抜け、障害になっていた調度を乗り越えた。

「ガレージはどっちだ?」

「こっち」

肋骨《ろっこつ》を傷め、鎧のベストを着ていたにもかかわらず、アキコの動きはすばやかった。ケンゾウの手の者七名と出会ったが、ケンゾウやNUMAの面々の姿はなかった。

「全員揃った?」とアキコが訊いた。

部下のひとりが首を振った。

「もどらないと」

オースチンはふたたびアキコの腕をつかんだ。すでに煙がガレージにも忍びこんでいた。梁《はり》の一部が燻《くすぶ》っている。「上はもう火の海だ。ジョーがみんなを連れ出してるはずだ。信じてくれ」

手を振りほどいたアキコは仲間たちのほうを向いた。

「車に乗るように伝えてくれ」とオースチンは告げた。「ここから脱出する」

アキコは日本語で指示を出し、それから「跳ね橋を下ろすわ」と言った。

彼女は壁際に走るとレバーを横に、そして下に引いた。

跳ね橋は驚くようなスピードで下がっていき、固定された。橋のむこうはすでに火がまわっていた。

ザバーラと男は、組み合ったまま砂地に落ちると離れた。同時に起きあがったふたりは己れの闘いのことはさておき、コモドドラゴンの存在に注意を向けていた。

一方から小ぶりの二頭が近づいてきた。離れて三頭めがいて、いちばん大きな四頭めが反対の方向からやってくる。

どのトカゲも興奮して、ザバーラも見たことがないほどに猛《たけ》っていた。おそらく火と煙、それに灰が降ってくることと関係しているのだろう。

前に出てきた小ぶりの一頭にたいし、ザバーラは自分を精一杯大きく見せようと両手を振りあげた。

するとトカゲは歩みを止め、奇妙に曲がった脚で低く身構えた。また動きだした相手にザバーラが同じ姿勢をくりかえしても、もはやろくに興味を示さなかった。

「銃をどこへやった?」とザバーラは叫んだ。

不思議そうに見つめかえしてきた殺し屋は、ザバーラを突き倒して壁に走った。ザバーラは跳ね起き、ドラゴンに向かって砂利を投げつけると、使っていた槍を取りにいった。そして地面から拾った槍をすかさず獣の顔めがけて振った。

獣はシューッという息を吐いて後退した。

殺し屋のほうは必死に駆けていた。その動きが空堀にいた最大のドラゴンの目を惹いた。全長一〇フィート、体重三〇〇ポンドの怪物が驚異のスピードで動いた。

男は後ろを振り向くことなく走り、壁の隙間に跳んでそのまま登ろうとした。後ろ脚で立ったコモドドラゴンは隙間に顔を突っ込むと、その歯を男の肩と腕に滑らせ、男のシャツを裂いて肉を抉った。シャツの背中の部分を口にくわえたものの、結局食事にはありつけずじまいだった。

壁を登りつづける男のむきだしの背中には、派手なタトゥーが隈《くま》なく彫られていた。

男が壁のてっぺんに達し、そのむこうに消えていくのを、ザバーラは感心しながら見守った。が、今度は自分が世界で最も凶暴な動物四頭と相対することになったのだ。

「〝やつらの食事の様子を見たい〟」ザバーラは一時間まえに口にした言葉を思いかえしていた。「なんであんなことを言っちまったんだ」

獣どもが向かってくる。見たところ、問題は大きな一頭だった。小さいのは長槍でかわすことができるが、あの大きいやつには槍を取られたあげく、こっちをむさぼり食ったあとの爪楊枝《つまようじ》代わりにされそうなのだ。

相手の脇にまわろうと試みたが、進路をふさがれて後退を余儀《よぎ》なくされた。と、そこにすさまじい音がして、燃えさかる天守の一部が崩落してきた。降り注ぐ火の粉のシャワーにトカゲたちはたじろいだ。

「おまえら、炎が好きなドラゴンじゃないんだな」

ザバーラは火に近づくと上着を脱ぎ、燃えさしをくるんだ。片手に槍を、片手に松明《たいまつ》を持ち、待ち受ける獣のほうに歩を進めた。

「さがれ」と近くいる一頭を牽制《けんせい》した。「さがれよ」

ドラゴンは伸ばした鉤爪で松明を叩こうとしたが、火にふれて後ずさった。若いもう一頭も同じようにした。だが雄のボスはその場を動こうとしない。

「いまだ」ザバーラは自分に言い聞かせると大きな獣にまっすぐ向かい、燃えている木を相手の顔に投げつけた。

獣は松明をかわし、鼻面で苦もなく脇に弾いた。その隙こそがザバーラの狙いだった。走りながら槍を砂地に突き刺し、棒高跳びの要領で高々と獣を乗り越えると、着地したそばから全力で走った。

トカゲは宙に浮くザバーラを狙って跳ねたが、タイミングを逸していた。四本の脚で着地して身体を半回転させた。

すでにザバーラは壁に飛びついていた。割れ目を見つけて手を掛け、後ろを振り向くことなく上まで登り切った。

飢えたコモドドラゴンは身体を丸めた姿で城壁を見あげていた。

ドラゴンに別れを告げたザバーラが湖まで駆け下ると、ポールとガメー、そしてケンゾウが岩場に避難していた。負傷した敵の姿はなかった。乗り出したボートは闇に向けて速度を上げた。

「連中は逃げていった」とポールが言った。

「問題は彼らが何者で、なぜこんなことをしたかってことね」とガメーが問いかけた。

「その正体はともかく、やつらは目的を果たしたってことさ」とザバーラは答えた。「ケンゾウを火炙《ひあぶ》りにして、彼の研究成果を台無しにした。データも記録もすべて。全部が紙で残されていたんだから。何もかも失われたんだ」

「全部じゃないわ」

ザバーラはガメーを見た。ガメーは梱棒を包んでいたものをはがしていった。それは銀の縁取りがある青い地図だった。壁から剝ぎ取った際に角が破れたほかは傷んでいない。

赤い線もはっきり見えていた。「この線が交わる場所を見つけられたくなかったのよ」とガメーが言った。「この情報は救う価値があると思ったの」

「それが人を殺す価値があるものなのか?」とポールが訊ねた。

「そう考えてるやつがいるんだろうな」ザバーラはケンゾウに目をやった。「容態は?」

「血を吐いてる」とガメーは言った。「肺が焼けたのかもしれない。火を吸いこんだとしたら……」

その先を語るまでもなかった。かんばしくない見立てであることは、誰もが気づいていた。ケンゾウを助けるには、とにかく専門医がいる病院へ運ぶしかない。

「車があればな」とポールが言った。「ガレージが燃えてない可能性は?」

ザバーラはむなしく肩越しに振りかえった。全体に火を放つ天守は建物の態をなしておらず、もはや火の泉にすぎなかった。「なさそうだ。でも、この火がビーコンの役目を果たして救助を呼べる。こんなに明るい場所はないからな」

一分後、別のボートのエンジン音が聞こえてきて、全員が神経を張り詰めた。

ザバーラは夜闇に目を凝らした。見えてきたのは優美な形のモーターボートではなく、低速でぶざまに進む船だった。平たい先端で、水を切るというよりブルドーザーで押しやるようにして、しかもかつてのフォルクスワーゲンの空冷エンジンを思わせる爆音をたてている。

「ダックだ」ザバーラはケンゾウのコレクションに、この水陸両用車があったのを思いだしていた。

運転していたのはオースチンで、後部にアキコとケンゾウの部下数名が乗っていた。

ザバーラは必死で手を振った。ダックは最速の輸送手段ではないにせよ、陸上でも水上と同様に走行できる。それはケンゾウに助かる見込みがあるということなのだ。

10

新宿プリンスホテル

夜の残りを病院ですごして地元警察に事情を聞かれ、疲労困憊《こんぱい》したオースチンら四人は連れていかれたホテルで数時間の睡眠を取ったのち、ワシントンにいるルディ・ガンとの協議にはいった。

会話は重苦しくつづいたが、その雰囲気はオースチンが中国の海域に潜り、中国が秘匿《ひとく》するものを探りたいと許可を願い出たところで一変した。

「だめだ」とルディ・ガンは答えた。「まったくの問題外だ」

ガンの声はテーブルの中央に置かれたスピーカーフォンから流れた。驚くほどクリアな音声が、まるで本人がその場にいるような大きさでホテルのスイートに響きわたった。

オースチンは椅子にもたれると三角形のスピーカーを見つめた。「つまり、ぼくが耳にしてるのは……みんなで気をつけて行ってこいってことかな」

「耳の検査をしてもらったほうがいいぞ」とガンは言った。「きみが伝えてきた位置は、中国の領海深くにあるというだけじゃない。彼らが特別作戦区域に指定した場所にある。海軍の演習場でもあって、その境界線では厳しく巡視がおこなわれている。船と航空機と潜水艦でな。係留ソナーブイ網も常置されている。わが国が北海に置いた音響監視システム《SOSUS》みたいなものだ」

オースチンはメンバーを見まわした。昨夜のことがあっただけに、ケンゾウと彼のアナログ機器が発見した事実を確かめたいという思いは一致している。

つぎに挑んだのはポールだった。「ルディ、ケンゾウの理論について、ぼくなりの知識で検討してみたんだ。地質学の見地から言うと、ケンゾウが何かを見つけた可能性は高い。この状況では、ぼくらが現地に忍びこむしかないんじゃないかな」

「きみらしくないぞ、ポール。カートに弱みでも握られたか？」

「軽く手をひねられて」とポールは冗談めかして答えた。

「助けてくれれば誰の手も痛まない」とオースチンはまぜっかえした。

ザバーラが考えを述べた。「民間の商船が針路をはずれて故障を起こし、救援を要請する。火事とか緊急事態が起きたということで。まえもやったみたいに。それでぼくらが至近距離にいる船舶に乗っていたら――」

「そのとき、すでにきみたちは中国の領海内にいることになる」とガンは言った。「いいか。単純だ。中国は自国沿岸にいる船を救助するのに、われわれの助けは必要としない。それに自国の水域や空域に〝迷いこんでくる〟相手には好意を寄せない。数年まえだが、彼らがわれわれの偵察機と衝突したことがある――厳密には、飛行していたのは国際空域内だった」

オースチンは椅子に座りなおした。「海軍の新しい攻撃型潜水艦にヒッチハイクするというのは？　あれなら探知されないと聞いたけど」

「もう依頼した」ガンは答えた。「目下、唯一探知されてないのは、私が出した要望にたいする正式な回答だけだ。海軍としては、最新鋭の聴音哨《しょう》がめぐらされた中国の浅海に最新型潜水艦を送る気がしないんだろう。彼らを責めることはできない」

オースチンは顔を上げた。いまルディは何かを洩らさなかったか。「もう海軍に援助を依頼した？　それはどうして？」

室内が静まりかえり、ふたたび口を開いたルディの声からは、若干だが高圧的な響きが失《う》せていた。「こちらがきみたちの判断を信頼していると、信じてくれるか？」

「それはあり得ないでしょう」

ルディ・ガンは聞こえよがしに溜息をついた。「ではこう言おうか。わが政府はきみらの新しい友人のように、このZ波というものをいまだ検知していない。だが過去二年あまり、NUMAと海軍はいずれも東シナ海の、そのZ波の交点にあたる場所で発生した表層震動を捕捉《ほそく》していた。それらを考えあわせると、そこに探査する価値のあるものが存在する可能性が浮上してくる」

「やっぱりケンゾウは正しかった」とポールが言った。「あそこで何かが起きてる。どんな種類のノイズを拾ってますか?」

「分類するのは難しい」ガンは言った。「深海を掘削しているとも思われるが、その音響特性には疑問を抱かせる差異があってね。海軍のデータには、大陸プレート自体の内部に液体運動が生じていると特定するものもある」

「石油?」とザバーラが訊ねた。

「それもひとつの可能性だが。東シナ海、南シナ海は炭化水素の鉱床だらけで——中国はその権益を主張するのにやたら熱心だ。とりわけ南シナ海では悪名高い九段線を引いた。ただ、ケンゾウが特定した場所は東シナ海だ。確定した領海線からずっと手前にあって、中国の主権下にあることに疑いがない」

「自分の領地だってはっきりした場所を掘削するのに、こっそり掘る必要なんてないでしょう」とガメーが言った。

「二年まえに深海ドリリングの装備を見たことがあって」とポールは言った。「地質学チームとしては賛成したけど、経理部の見方はちがった。普通のリグの約一〇〇倍のコストが掛かるんだ。やる必要のない場所で、そんなことをやる意味がわからないって」

「そうだ」とガンは答えた。「しかもソナーの記録は、一般に知られる掘削や採鉱の方法と合致していない。あるデータは強い圧力の下で、流動性があって原油よりはるかに軽く粘性の低い液体が高速で動いていたことを示している。その一方、別のエコー記録によると、より極端に濃密で動きの鈍い物体も存在する。これもずっと深く、大陸プレート内で生じたものだ。人が掘削するより深い場所でね」

ポールが説明を試みた。「それが表層マグマだとしたら、火山島が出来つつあることを示唆しているんじゃないかと。まさにぼくらが探しているものかもしれない」

「でも、探査の方法がないかぎりは振り出しに逆戻りさ」とザバーラが言った。

ガメーが身を乗り出した。「理性の声になるのは厭《いや》なんだけど、みんな、ここそこと男性のやり方を貫こうとしすぎてるみたい。ここは女性の立場に立って、すこし協力してみない？　正面切って中国に、見学させてくれないかって頼むの。彼らに海面上昇のデータを渡せばいいわ。そちらの沿岸に新たな諸島が形成されつつある、あるいは構造プレートが隆起しているという仮説を伝えて共同調査を持ちかける。それで感謝だってされるかもしれない」

オースチンがチームを気に入っているのは、問題解決に向けて異なるアプローチが出てくるところなのである。

「いいアイディアだ。でも今回はそうもいかない。ゆうべ、あんなに激しく攻撃されてケンゾウの門人五人が殺された。ケンゾウは病院で生死をさまよっている。その奇行はともかくとして、彼の研究が脅威であるとすれば、中国の海域で異変が起きていると明らかにしたことだ。だから、そうじゃないとはっきりするまでは、襲撃の背後に中国がいると考えるほかない」

ガメーはうなずいた。

「連中はあそこに何かを隠してる」とオースチンはさらに言った。「その正体が何にせよ、連中は見せるのを渋ってる。それを突きとめるには他の方法を探さないと」

「私からはそれは不可能だと言っておこう」とガンが言った。「そちらに中国の聴音哨とソナーブイのデータ、それと彼らの巡視スケジュールおよび監視能力について得た情報を送ろう。自分たちの目で確かめるんだな。壁は分厚く、通り抜ける手立てもないぞ。きみたちのいずれかが中国の監獄に堕《お》ちて、国際問題に発展するような事態だけは避けてもらいたい」

オースチンはその一言一句を耳に留めると、ザバーラに向かってうなずいた。〝メッセージは受け取った〟

紙をめくる音が聞こえてきた。「つぎのミーティングの予定がある」とルディ・ガンは言った。「数時間後にまた連絡する」

ガンが退場するとオースチンは席を立った。ほかの三人はあくびをしていたが、オースチンはすっかり目が冴えていた。ノックの音に応じると、ドアロでフロントマネジャーが伝言を手にしていた。

「どうした？」

「呼び出しってことらしい」とオースチンは言った。「警察庁の管轄署への出頭を求められてる」

「急に疲れが出てきた」すかさずザバーラが言った。「昼寝させてもらおうかな」

オースチンは首を振った。「悪いが、アミーゴ。きょうの目玉はおまえだ。警察はコモドドラゴンの餌になりそこねた男の話を訊きたがってる。そいつを見たのはおまえだけだからな」

ザバーラは伸びをした。「あのでかい獣と闘った話ならできるかも」

オースチンが呆気《あっけ》にとられていると、ガメーも立ちあがってあくびをした。「長旅のツケが回ったわ」

「ぼくもだ」とポールが言った。「ぼくらは休むから、きみたちで警察へ行ってもらうよ」

「残念だが」オースチンは言った。「貧乏暇なしでね。さっそくはじめてもらうことがある」

「何をするの?」とガメー。

「東シナ海に忍びこむ方法を見つけるんだ」

ポールが小首をかしげた。ガメーは困ったように眉をひそめた。

「でも、そんなことするなってルディに言われたばかりなのに」

「正確には、彼は〝まったくの問題外〟と発言した」とポールが後押しした。

「口ではノーと言いながら、目ではやれと言っていた」とオースチンは答えた。

「彼の目は見えなかったわ」

「想像はできるさ。ルディが中国海軍の巡視艇のデータと、ソナーブイの情報を送ろうとしているのはなぜだと思う？　ぼくらに鎧の隙間を見つけて、そこを突いてほしいと考えてるんだ」

ガメーは胸の前で腕を組んだ。「わたしがさっきの会話で聞いた話とはちがう」

「聞くのと理解するのは別物でね」とオースチンは言った。「これはオープンな回線だ。誰が盗み聞きしているかわからない。二、三分経ったら暗号化されたeメールリンクをチェックしてみてくれ。ルディから音沙汰《おとさた》がなければ、午後は昼寝ですごしてよろしい。でも、たぶん働くことになると思う」

ガメーとポールは重い腰をあげた。ザバーラはあくびと伸びをくりかえし、眠気を振り払おうとした。

オースチンは相棒のためにドアをあけて待った。「おれが機内で取った長い昼寝も、いまになってみれば異常ってほどでもないだろう？」

11

都内の警察署

ナガノ警視の書き付けにより、オースチンとザバーラは警察署まで奇妙なルートを採ることになった。電車を二本乗り換え、タクシーをつかまえたのち、すこし歩いてようやく建物の前まで来た。

「二二分署とは似てないかな」とザバーラが言った。

その建物は、アメリカの典型的な警察署とはまるでちがっていた。外壁は明るい色で塗装され、正面玄関付近には制服に白手袋の警官が姿勢を正していた。右手に艶の出た木の棒を握りしめ、瞬《まばた》きひとつせず、息もつかないような格好で通行人の前に立っている。

「立番だ」とオースチンは言った。「歩哨《ほしょう》だな。警察の目がつねに光ってることを市民に知らせる役目さ」

「そいつは安心だ」

「ケンゾウ先生には届かなかったようだが」

建物にはいったふたりは、室内に通じる扉が二カ所、外にもどる扉が二カ所設けられたダイアモンド形の部屋にいた。担当の警官がいると思いきや、そこにはスクリーンがあるだけで、日本語で話すコンピュータの音声が聞こえてきた。

オースチンはフラットスクリーンの一台に歩み寄った。それは空港の発着便モニターを思わせるものだったが、すべて日本語で記されている。「一言も読めない」

ザバーラが画面のある場所をタップすると、言語を変更するオプションが表示された。英語は二種類のバージョンがあった。アメリカと英国と。

ザバーラはアメリカ国旗のアイコンをタップした。

「ヤマナ警察署へようこそ」コンピュータ音声が英語で言った。「来署のご用件をお話しください」

「二時にナガノ警視と会う約束がある」とオースチンは言った。

「カメラに向いて名前と国籍をお答えください」

「カート・オースチン、アメリカ人」

「ジョー・ザバーラ、アメリカ人」

コンピュータは沈黙した。

「ハイアラムはこいつを気に入るな」とザバーラがささやいた。「やつとマックスなら、ここでダブルデートできる」

ハイアラム・イェーガーはNUMAに所属するコンピュータの天才であり、世界の最先端を行くコンピュータシステムを開発した人間である。マックスはその彼が造り出した最高傑作だった。最速のプロセッサーを基に、ハイアラム独自のプログラミングによって動くマックスは、機敏に働く頭脳にユーモアのセンスまであるという、真の人工知能を搭載した比類なきマシンなのだ。


楽しげなチャイムが鳴り、ふたりの右手にある扉が開いた。「ナガノ警視が約束を確認しました。おはいりください」

ステップを三段上がった先は、コンピュータコンソールで画面を見つめながら作業する男女のひしめく部屋だった。開放的でモダンなデザインである。ステンレスをアクセントに、ピンポイントの照明が大きな効果を生んでいた。塵《ちり》ひとつなく、古ぼけた被疑者の写真帳や汚れた指紋採取台も、人であふれる留置施設もない。犯罪者も見当たらない。日本の犯罪率は先進国のなかで最低なだけに、それも驚くにはあたらない。理由を挙げるとすれば国民が裕福であること、また警察の活動が効果的におこなわれていることもあるが、すぐれて日本人に共通した秩序感覚が広く行き渡っているからなのだ。

職員たちはたまに視線を向けてくるばかりで愛想もなかったが、やがて黒いズボン、ぱりっとした白いシャツに薄いグレイのネクタイを締めた日本人男性がふたりのもとにやってきた。

長身で一流のトライアスロン選手である男は顔の幅が広く、口もとに深い皺があり、顎の先が割れていた。短い髪は濃くて黒い。

「ナガノ警視です」と男は名乗った。

オースチンは軽くお辞儀をしたが、ナガノは手を握ってきた。鋼鉄を思わせる感触だった。

「おふたりに会えて光栄です。どうぞこちらへ」

ふたりはやたらモダンな造りの小さなオフィスに案内された。オースチンとザバーラはうながされて腰をおろした。

「いままで寄ったなかでも、ここはもう最上の警察署だね」とザバーラは言った。

「いやいや」とナガノは答えた。「まわりに追いつくのに必死でね。できるかぎりの努力はしているんですが」

ザバーラは欠点を探そうと周囲に目をやった。オースチンは、完璧な仕事をなすまで賛辞は真に受けないという日本人の謙虚さについて、あとから解説するつもりでいた。

とはいえ、ザバーラは間違っていなかった。建物は芸術品で、内部はハイテクのワンダーランドだった。目につくところすべてが磨かれ光を放っている。ナガノのオフィスへ向かう途中に通り過ぎた武器架にしても、高級銃砲店の展示ケースさながらに輝いていた。

「あの受付は面白かった」とオースチンは言った。「受付係か当番警官を置いたほうが楽なんじゃないかな？」

「楽でしょうな」とナガノは答えた。「でも労力の無駄使いだ。おそらくご存じでしょうが、日本の人口は減少している。受付段階を自動化すれば、ほかで使える警官の時間を節約できる」

「だったら立番は？」

ナガノはその矛盾に肩をすくめた。「あれは犯罪抑止の一環でね。しかし、ああいう慣行をやめにしたり、自動で動くマネキンに交代させようという署もふえてきている」

「そして世界はますます貧しくなっていくわけだ」とオースチンは言った。

「そうは言っても、自動受付は複数の言語を話せるし」ザバーラはなおもお世辞をつづけた。

「必須なのでね」と警視は答えた。「ご承知のとおり、日本で起きる犯罪の大半は外国人が起こすので」

オースチンはナガノの顔がかすかにほころぶのを認めた。内輪のジョークにちがいない。

ザバーラは返答に窮していた。「とにかく、ここに来られてよかった」

「ありがとう」とナガノは言った。「で、あなたがたにはすぐ帰ってもらわなくてはならない」

「なんですって?」オースチンは聞きかえした。

「あなたがたにはいちばん早い便で日本を離れてもらう」とナガノは断じた。「われわれが空港まで、あなたがたと友人おふたりをエスコートする」

「強制送還ということか?」

「みなさんの安全を考えてのことだ。昨夜、あなたがたのグループを襲った男たちの正体が判明した。ヤクザのヒットマンだった連中だ。用心棒や殺し屋だ」

ザバーラからドラゴンの一撃を食らった男の人相を聞いていただけに、オースチンも驚きはしなかった。ヤクザが派手なタトゥーを好むことも知っている。だが、あえて初歩的な疑問を投げた。「ヤクザが風変わりな科学者の研究に興味を向ける理由は？」

「元ヤクザだ」とナガノは念を押してきた。「解散した組の」

「言い換えると、金で買われたプロか」

ナガノはうなずいた。「むかし、この国には〝浪人〟と呼ばれる者がいた。食い扶《ぶ》持《ち》のないサムライのことだ。彼らは流れ者として生きていた。雇われ戦士として。こいつらもそれと似たようなものでね。主のいない殺し屋で、喜ぶ連中のために働く。以前はあるヤクザの組織でまとまっていたのを、もう何年もまえになるが、われわれの手で犯罪ネットワークの大部分を壊滅させたんだ。上層部の連中は刑務所に送られたり殺されたりしたが、末端の組員たちは放り出されて散り散りになった。いまや頼れるのは自分だけ。いろんな意味で、連中は以前にまして危険だ」

「そいつらが誰のために働いているのか、心当たりは？」

ナガノは首を振った。「かなりの大金で雇われてることは間違いないな。あの人数と厚かましい襲撃方法からして、そのぐらいの見当はつく。だが金の出所と理由については……ほんの薄っぺらな手がかりもない」

オースチンは、そこに東シナ海とケンゾウが探知した現地の異状が関わってくると気づいていたが、これ以上の情報がないまま推測を重ねるのは無意味だった。

「実のところ」ナガノはつづけた。「あなたがたと友人はむこうの攻撃を妨げた。報復があるかもしれない」

「その〝浪人〟たちを雇ったやつから」とザバーラ。

「または殺し屋たちから直接。あなたがたは彼らを困らせた。辱《はずかし》めた。むこうは面子《メンツ》を保ちたいんだろうね」

「日本の犯罪すべてが外国人のせいではなかったわけだ」とオースチンは言った。

「残念ながら」

ナガノはファイルフォルダーをザバーラのほうに押しやった。「一味の顔を間近で見たのはあなただけだ。この写真を見てくれたら捜査の足しになるかもしれない」

ザバーラはフォルダーを開いた。そこにまとめられていたのは、正面から撮った顔写真や監視カメラの画像ではなく、肩と背中に描かれた色鮮やかな絵柄だった。

「ヤクザは肌に墨を入れることで知られる。特定の組がブランドのように独特の柄を使ったりする。どれか見憶《みおぼ》えのあるものはないだろうか？」

オースチンはザバーラの肩越しに覗いた。どのタトゥーも複雑で柄が異なっていた。羽根とドラゴンをあしらったもの、炎や髑髏《どくろ》をあしらったもの。万華鏡のような色使いで刀剣を描いたものもある。

「これじゃない」ザバーラは一枚めを繰って言った。「これでもない」

さらに何枚かめくったのち、ザバーラは手を止めた。「この柄だ。ドラゴンの穴から逃げた男のとぴったり一致する。けっこう肌を剝がれて持っていかれてたけど」

ナガノはその一枚を手に取った。「〈牛鬼〉、悪魔だ」

「悪魔？」

「本名は不詳。日本の神話で、〈鬼〉とは悪魔のことでね。〈牛鬼〉は雄牛の頭と大きな角を持つ怪物だ。雇われて殺しをはじめたころ、こいつは被害者の血でこの怪物の絵を現場に描き残していた。組織に身を置く人間のなかでも異色でね、やつは殺しを楽しんでいた。楽しんで、しかも大金を手にして」

「すばらしい」とオースチンは言った。「これで正体がつかめたんだから、そちらでそいつを捕まえて、ぼくたちは出ていく必要もなくなる」

ナガノは絵を脇に置いた。「そう簡単にすめばいいんだが。この連中は風の音のようなものでね。拘束はおろか追跡するのも不可能だ。われわれが〈牛鬼〉を追っても何年にもなる」

「コモドドラゴンは毒を持ってる」とザバーラが言った。「あんな目に遭ったことを考えたら、こいつのつぎの行先は病院か遺体安置所だ」

「たしかに毒はある」とナガノは認めた。「しかし、けさ専門家と話したところ、あのトカゲは咬《か》むたびに毒液を吐くわけじゃないらしい。あなたが見たという一撃は致命傷になりそうもない」

「コモドドラゴンの口腔《こうくう》衛生はひどいって話を聞いたけど？」とオースチンは言った。

「たしか、やつらの歯にはバクテリアがうじゃうじゃいるって」

「そう、だから〈牛鬼〉が感染症と高熱に苦しんでる可能性は高い。しかし抗生物質を大量に使えば死なずにすむだろう。ということは初めに説明したとおり、あなたと友人たちは危険にさらされたままだ」

オースチンは座りなおした。この問題には明らかな解決策がある。ナガノの頭にはそれがあるはずで、でなければ警察署に呼び出そうとするはずがない。「われわれが手を貸してそいつを片づければ、危険は取り除かれるんじゃないかな」

ナガノは即答しなかった。

「だから警察署まであんなルートで来させたんだ」とオースチンは言った。「ぼくらが尾行されないように」

警視は会釈をした。「じつに鋭い。そして幸運にも、あなたがたは尾行されなかった。私が最も信頼する部下たちを除いて」

「だったら手伝わせてくれ」

「どうやって手伝おうというのかね？」

そこははっきりしていた。「ご指摘のとおり、これは大がかりな作戦だった。ボート数隻。最低一ダースの人員と、焼夷擲弾《しょういてきだん》をふくむ大量の武器。こういう仕事にはかなり金がかかる。それに泥棒の間に信義なんかないというけれど、犯罪者は犯罪者を信じない。それはつまり、仕事が終わるまで料金は払われないってことだ。少なくとも全額は」

考えこむナガノの表情は厳しく、口もとの皺がさらに深まった。「金の出所を探るのか」

オースチンは椅子の背にもたれた。「すでにそちらも考えていたはずだ」

「もちろんだとも」と答えたナガノは当然、頭のなかでシナリオをめくっている。

「だが、そのやり方は？」

「ケンゾウと残る生存者を隠れ家に移動させる。メディアには負傷して死んだと発表する。アメリカ人も二、三人死んで、ほかも危篤《きとく》だと話す。名前を出す必要はない。人数だけで充分だ」

「それで？」

「確実とは言えないが、もしぼくが元ヤクザの殺し屋で、コモドドラゴンに咬まれて強力な抗生物質の点滴を数時間ごとに受ける身なら、残りの支払いを要求する」

ナガノは思案を終えた。「で、支払いの残額によっては、悪魔は金を回収しようと外に出てくる」

「そうだ」

「小切手で払うとしたらどうなる？」ザバーラが冗談まじりに言った。「電子決済とかは？」

「額が大きすぎる」とナガノは答えた。「やつらは政府の手形交換所に金を横取りされたり、どこかで足がつくような危険は冒さない。この手の取引きはじかにやる。一方が暴力沙汰に出たりしないように、ちゃんと人目のある場所でおこなわれる。そういうものだ」

オースチンはアイディアをまとめた。「そちらで受け渡し場所を突きとめたら、ぼくらは喜んでその場に出向き、悪魔を指さす。あとはそちらに任せよう」

ナガノはザバーラを見た。至近距離から相手を目撃した張本人である。

「もちろんですとも」とザバーラは言った。「それはもう喜んで」

ナガノは無言でその提案を吟味していたが、やがてうなずいた。「あなたがたは勇敢だと評判だよ。ゆうべの行動がその証拠でね」

「勇敢じゃない。その場に置かれたら、誰もがやることをやっただけで」

「謙遜《けんそん》もお上手だ。いかにも日本人らしい。しかし、いくら勇敢でも、こうしてわざわざ自分の身を危なくするという理由は測りかねる。ただの強がりではないといいんだが」

「だいたい、ぼくらは好んで襲われようとしたわけじゃない」とオースチンは切り出した。「それにぼくらが日本に来たことが、この引き金になった可能性もある。そちらはそちらの理由で悪魔を追ってるわけだし、ぼくらは誰がなぜ金を出したのかが知りたい」

「つまり、あなたがたの政府が知りたがっているということか」

「それもある」

ナガノ警視は手練《てだ》れだった。人をたちどころに見きわめた。彼はオースチンとザバーラのことを理解して、自分と同類だと感じていた。官僚機構が重い腰をあげるのを待つぐらいなら、先に仕事を片づけてしまいたいという、飽くことを知らない公僕だった。

机の書類をそろえながら、「了解」と言った。「だがすべてが虚構ではないと、おふたりに伝えなくてはならない。残念ながらケンゾウ・フジハラはけさ、意識を回復することなく死亡した。肺が修復困難なほど焼かれていた」

オースチンは顎を引き緊《し》めた。覚悟はしていたことだった。

「くそっ」ザバーラが低声で洩らした。

オースチンは、ザバーラからナガノへと視線を移した。「その悪魔がまだ仕事を終えてないと考えた場合にそなえて、そちらで残った人たちを安全な場所へ移すことはできるだろうか?」

「もう手は打った。あなたがたアメリカ人が好む言い方をすれば、香料に一匹の蠅《はえ》だが」

「というと?」

「ケンゾウの兵士がね。もっと正確には女性兵士だ」

「アキコか」ザバーラの声がうわずった。「彼女とはまた会いたいと思ってたんだ。ここにいる?」

「そこなんだが、彼女は消えた。ケンゾウの臨終の場には立ち会っていた。ひどく取り乱していた様子だったが、こちらで供述を取るまえにいなくなった。不審に思って、彼女の所持していた武器から指紋を採ったんだ。するとアキコには長い犯罪歴があり、未執行の逮捕状がいくつも出されていて、東京のヤクザとつながりがあった」

「あんないい娘《こ》が」とザバーラは応じた。「彼女が関わっていると思う?」

「その可能性を排除することはできないな」

「排除できる」とオースチンは言った。「ケンゾウのために、あそこまでは戦えない。銃弾を二発も受けて、ベストを着てなかったら死んでいた」

「私から言えるのは、彼女の前科《まえ》のことだけだ」とナガノは説明した。「彼女のことは幽霊と言ってもいい。身寄りもなく育った。浮浪児として、規則を破って生き延びていく術《すべ》を学んだ。残念だが、そんな生き方が裏社会に通じてしまうというのはよくある」

「あるいは、強い者に仕える新しい人生に」

「おそらくは」そう言ったナガノは硬い声で付け足した。「彼女が接触してきた場合には、こちらに連絡すること」

「彼女は接触してこないだろう」とオースチンは言った。「そのつもりなら姿を隠したりはしない。しかし、ぼくが間違っていて、彼女から連絡があった場合にはそちらの耳に入れる。約束しよう」

「大変けっこう」とナガノは言った。「その言葉、情報提供者に伝えておこう。こちらに運があれば事態は好転して、われわれ双方とも追っているものをつかめるだろう」

12

東京の南西

白い影は唸りをあげて田園地帯を疾走し、巨大な蛇のように動いてトンネルにはいった。やがてトンネル微気圧波、俗にトンネル・ドンと呼ばれる地上の雷鳴を起こして反対側に抜けた。

ガメーは一二輛編成の列車の八輛め、窓側の席に座っていた。その速度と外の騒音にもかかわらず車内は静かで、驚くほど乗り心地がいい。

「東京から出られてよかった」とガメーは言った。「それもカートの話を聞いたあとでは」

隣りの席でポールが首を伸ばして周囲を見まわし、声の届く範囲に誰もいないことを確認した。東海道新幹線は日本の高速鉄道の先駆けである。世界で最も利用者の多い高速鉄道路線でもあったが、オフピーク時のグリーン車は空席が目立っていた。

「同感だね」とポールは応じた。「でも、中国の巡視艇を出し抜くのはほぼ不可能っていう話は、ルディの冗談じゃなかった。これを見てくれ」

座席の前のテーブルにノート型のコンピュータが開かれていた。乗車時間の半分を、ルディから送られてきた情報の検討に費やしてきたポールは、その画面を妻のほうに向けた。

ガメーは画面の角度を調節し、そこに表示された東シナ海の地図を見つめた。方々に散見される曲線は、中国海軍の艦艇の通過時刻と航路を示している。広範囲でグレイに塗られた箇所は中国軍の対潜哨戒《しょうかい》機の既知の飛行経路を、重なりあって列をなす赤い円は切れ目なしに配置されたソナーブイを表していた。

「徹底してる」とガメーは言った。

「ここまで警備が厳重なのは、海中に何かを隠してる証拠さ。でも、この警備網をすり抜けようとしても無駄だね。こちらからeメールで到着を知らせて、上海刑務所に予約を入れるようなものだから」

「異議を唱えたい気はあるけど……」

ガメーの声が途切れた。彼女はほかに手段はないかと考えこんでいた。日本から行く必要はあるのだろうか。南からはいる手があるかもしれない。地図を拡大すると、その方角にも海軍の巡視艇が追加配備されている。中国に抜かりはなかった。と、あることが頭にひらめいた。「定期航路はどう?」

「どうって?」

「上海港はアジア最大の貿易港よ。貨物船に乗ることができれば……」

「で、途中から海に飛び込んで、あとはのんびり泳いでいくのか?」

「わたしたちが飛び込むんじゃなく、何かを投下するとか。カメラとソナーと船上から遠隔操作できるアームがあるものを」

ポールははっきり顔を輝かせた。「そいつを海に沈めておかなきゃならないぞ」

「多少の投資は必要よ」とガメーは返した。

「たしかに。でもまだ問題は残る。中国行きの貨物船に乗るってだけで怪訝《けげん》な顔をされるだろうし——かさばるROVを人目につかないように持ち込まなきゃならない。そのうえ、乗組員の目を盗んで舷側《げんそく》から落とすなんて」

「大阪から上海へ行くフェリーを予約すれば問題ない」

ガメーは画面をポールのほうに向け、フェリーの航路を示す破線を反転表示させた。

「これが正しければ、フェリーは目標地域の五マイル以内を航行することになる」

「ひとつめの問題は解決。ＲＯＶは？」

ガメーは指先でテーブルを打った。「それをいま考えてるところ」

ポールの顔に笑みが広がった。「解決策が見つかったかもしれない。そのフェリーはいつ出港する？」

ガメーはインターネットに接続して運航スケジュールを確認した。「週二便で、つぎの便は明日の正午に出るわ」

「それならぎりぎり間に合いそうだ」とポールは言った。

「何が？」

「〝コバンザメ《レモラ》〟は知ってる？」

「魚の？　もちろん、よく知ってるけど」

「魚のほうじゃなく、その魚から着想を得てジョー・ザバーラが考案したマシンのことさ。最新型ＲＯＶの」

ガメーはかぶりを振った。ジョーが次から次へと生み出していく水中ロボットを把握するのは難しい話だけれど、その名前からしてどんなものかは想像がついた。「〝コバンザメ〟。面白そうね」

「このまえ聞いた話では、ハワイで試験中だった」とポールは言った。「もしまだ箱詰めして本土に送り返してなければ、ルディに頼んでつぎの便でこっちに送ってもらえる。そうなったら乗船券を買って、小さな密航者を取り付ける余裕もできる」

13

長崎沖、端島

その部屋は無菌状態に保たれ、室温は低く、煌々《こうこう》と明かりが灯《とも》っていた。中央にある金属製の台上に首のない人体が横たわっていた。

「男性、身長六フィート」と中国人技師が言った。その技師は白衣を着て眼鏡をかけ、頭を剃りあげていた。その名はガオ・ジン、通称ガオ。ウォルター・ハンの最も優秀な技師である。「肌の色、白色人種《コーカソイド》」とガオはつづけた。「ご覧のとおり、顔と髪はまだありませんが」

ウォルター・ハンは屈みこんでその身体を検《あらた》めた。油っぽい肌が、プラスティックが焦げたような臭いが発している。「作り直しだ。欠陥がある。好ましくない欠陥だ」

ガオは反論しなかった。ハンの下で働いているだけに当然だが、その顔は納得していない。「身体用のパネルは非常に複雑なのです」とガオは食いさがった。「本物の皮膚や筋肉のように柔軟に動かなくてはならないので。３Ｄプリンティングと新素材のポリマーを使用しても、生きているように本物そっくりの表面を造り出すのはきわめて難しいのです」

「難しいかどうかなど知ったことか」とハンは言った。「この〝皮膚〟がまがい物であることは目が見えなくてもわかる。臭いだけでばれる。近づいて肌にふれてみれば、腕にも脚にも胴体にも、毛がまったく生えてないことに気づくぞ。ほくろのひとつも、そばかすや傷がないことにも」

「そこまで考えが及びませんでした」

「なら、いますぐ考えろ」とハンは命じた。「皮膚を設計しなおせ。芸術家のように考えろ。完璧であってはならない。肘《ひじ》には皺が寄るし、加齢や怪我による跡もあるはずだ。それに稀《まれ》な遺伝子疾患をもつ人間を模造するのではないかぎり、身体には毛穴がなくてはならない」

ガオはうなずきながらメモを取った。「なるほど。では――」

「それと、この臭いもなんとかしろ。まるでタイヤの販売店だ」

ガオもさすがに怯えた顔を見せた。「かしこまりました。さっそく取りかかります」

「よろしい。拡張性はどうだ？　大きさや形のちがう身体も生産できるのかね？」

「人工皮膚と筋肉の層は内側の骨格の上に載っています」とガオは説明した。「規格品とはちがって四フィート八インチから七フィートまで、あらゆる身長と体重の組み合わせに対応できるものになっています。骨格が出来たら、３Ｄプリンターで身体用パネルを作成します。一個の骨格をくりかえし使用することも可能です。そこに修正をくわえて新たな身体パネルをかぶせ、頭部を変え、手足と胴体の長さを変えるのです」

「すばらしい」とハンは言った。「すぐにはじめろ。またあした、改良されたものを見にくる」

気を入れなおした様子のガオに満足すると、ハンは扉を引いた。滑らかで清潔な壁に囲まれた明るい実験室から一歩踏み出すと、外は汚れた石をくり抜いた粗末なトンネルだった。

通路は暗く、片側の壁からわずかなＬＥＤ照明がざらついた光を投げるばかりである。薄汚れた壁は結露で濡れ、ライトの白光を吸収してしまうのだ。

ハンは天井の出っ張りに頭をぶつけたり、いびつな地面につまずかないように、ゆっくり足を運んだ。坂を登り、人の手で造られた大きな洞《ほら》をいくつも抜けたすえに、ようやく自然光のあふれる場所に出た。

トンネルを抜けた先は外の世界ではなく、がらんとして広い倉庫だった。四方を波形トタンの壁が取りまわしている。高い位置にある窓から薄明かりが射していたが、窓のガラスは半分がひび割れ、残る半分には長年にわたる煤《すす》がこびりついていた。一隅に使い残しの古い木杭《きぐい》が積まれ、別の一角には明らかに何年も動かしていない錆《さ》びた三輪車が放置されていた。

ハンの登場が二羽のハトを驚かせた。高い垂木《たるき》から飛び立つ羽音が、虚《うつ》ろなその空間にやたら騒がしく響いた。ハンは円を描くように飛ぶハトが新しい止まり木に落ち着くのを見つめた。

技師たちの話では、ハトは数日まえに迷いこんできて、いまだに出口を見つけられずにいるという。自分が請け負った任務も同じようなものだと、ハンは感じていた。動くたび、自作の罠《わな》にかかった気がする。

ウェン・リーの先陣を務める機会に飛びつきはしたものの、事態はさっそく暗礁《あんしょう》に乗りあげていた。

出口に向かおうとすると電話が鳴った。上着のポケットから薄い黒いデバイスを抜き出した。画面に番号はなく、代わりに表示された符号が、ハン個人のネットワーク上にある、別の電話からの暗号化された通信であることを示していた。

ハンは緑色のキーを押して電話に出た。

「どこに行ってた?」と、ぶっきらぼうな声がした。「けさから十回も電話してる」

いつもの〈鬼〉らしくない、とハンは思った。「私がどこにいようと、きみには関係ないことだ。なぜ電話をしてきた?」

「残りの金をもらう」

「わかっているはずだが、まずはそっちの努力が実を結んだと確認する必要がある。それまでは……」

「いまリンクを送ってる」と〈牛鬼〉は言った。「そこにあんたの知りたいことが書いてある」

携帯電話が音をたて、リンクが届いたことを告げた。ハンは電話の画面を顔の前に持っていった。日本のニュース速報に、城の火災による死者は現在まで十一人にのぼり、そのなかには四名のアメリカ人のうち三名と城主のケンゾウもふくまれているとあった。数名がいまも意識不明の重体で、助かる見込みは薄いとのことだった。

映像では、病院の外に立つリポーターが、出火原因は現在調査中だが、いまはまだ情報が少ないようだと説明していた。

「ここまでやったんだから上乗せしてもらわないとな」〈牛鬼〉はそこまで喘《あえ》ぐようにしゃべると、とたんに短く咳きこんだ。

「具合でも悪いのか？」ハンは訊ねた。

「怪我をした」と〈牛鬼〉は答えた。「だが、おれはおれの仕事をやった。今度はそっちの番だ。金が欲しい」

〈鬼〉も重傷を負ったのだろうか。たぶん煙で肺を焼かれたのだろう。「約束した分は払おう。しかし、この情報は再確認させてもらう」

「好きにしろ」と〈牛鬼〉は言った。「でも長くは待てないぞ。生存者がいる。事実が明るみに出た場合に備えて、こっちは姿を隠す。金は今夜欲しい」

「ほかにやることがある」

「おれを担ごうなんて思うなよ」と〈鬼〉は言い放った。「あんたより頭の切れる連中が、それでくたばったんだ」

怒りで自棄になった殺し屋ほど厄介なものはない。金自体どうでもいいが、これは道義の問題だった。「金は今夜払おう。じつはもうひとつ、やってもらいたい仕事がある——興味があればの話だが」

一瞬の間があって、「払いが先だ。話はそのあとだ」

「いいだろう。金の受け渡し場所はあとで送る。その場にふさわしい服装で来たまえ」

「あんたの縄張り《シマ》に出向くつもりはないね」

「中立の場所だ」ハンはなおも言った。「〈セントウ〉だ。心配ない、きみの旧友たちが大勢いる」

〝セントウ〟とは〝戦う〟ことを意味する言葉だが、同時に違法カジノの名称でもあった。日本の法律はカジノを認めていない。が、それでカジノが存在しないということにはならない。

「いいだろう」と〈牛鬼〉は言った。「じゃあそこで。小細工はなしだ」

小細工など必要なかった。〈戦闘〉は東京の郊外にひっそり佇《たたず》む高級カジノである。大金を賭《か》けるギャンブラーはもちろん、刺激を求める裕福な若者や紳士の皮をかぶった犯罪者が頻繁《ひんぱん》に訪れ、ときには政治家も顔を出す。

カジノを経営するのは日本でも指折りの暴力団のひとつで、客のなかに別の組の構成員が紛れているにしても、〈牛鬼〉とつながっていたり懇意にしている者はいないはずだった。カジノ側にしてみれば、関心があるのは自分たちのビジネスに邪魔がはいらないことだけで、そのために武装した人間を多数雇い、それ以外にもセキュリテイ対策を講じている。

客は全員、武器や盗聴器の有無を調べられる。だからこそハンは、この島国で〈鬼〉との取引きを終えるのに、そこがいちばん安全な場所と考えたのだ。

14

大阪湾

ポールはまっすぐ前方を見つめた。黒いウェットスーツとフルフェイスのヘルメットを身に着け、〈レモラ〉のフレームをつかんでいた。さながら強い向かい風のなか、橇《そり》で雪山を滑り降りていく気分だった。両手はマシン本体から伸びる二本の金属のバーを握りしめ、両足は推進ダクトのすぐ手前にあるスペースに突っ込んでいた。その先に円形のフェアリングカバーで覆われたスクリューがあった。

「これ以上速度を出さないでくれ」ポールはヘルメットの内蔵マイクに向かって言った。「足を滑らせたら、新しい爪先《つまさき》を探すことになるから」

その信号は海上の中継器を介し、一〇〇ヤードほど離れたボートからROVを操作しているガメーに送られた。インターコムから聞こえる妻の返事にはわずかなノイズが混じっていた。「自分で行くって言ったくせに」

「次回はきみに譲るよ」

ポールはROV本体に身を寄せたまま、危険を承知で横に目をやった。大阪湾の濁った水を通して、ガメーが乗るボートの航跡が暗い背景を切り裂く白線となって見えた。

水深六〇フィートを移動しているだけでも、頭上の水面はぼんやりしている。激しい船舶の往来のせいで湾内のヘドロが巻きあげられ、流入する生活排水、工場排水が大量の藻を発生させる一方、水質汚染によって藻を餌にする魚が棲み処《か》を追われているのだ。

「ほとんどなにも見えない。あとどれくらい？」

「四分の一マイル」とガメーが応えた。「こちらはそろそろフェリーから離れないと。船体の中心あたりまでは誘導するから、目視できたらすぐに知らせて。そこからはあなたの指示に従って針路を調整するわ」

「すると、ぼくが運転の指示をするのか？　そんなの初めてだな」

「めったにないことよ。いま向きを変えてる。じきに船体が見えてくるわ」

ポールは叩きつけてくる水流に耐えながら前方に目を据え、秒読みを開始した。見えるのは灰緑色の背景だけだったが、耳にはさまざまな音が聞こえてきた。〈レモラ〉のバッテリー駆動のスクリューがたてる甲高《かんだか》い音。遠ざかっていくガメーのボートのモーター音。そして真正面から来る低いハム音。

「フェリーのエンジン音が聞こえる」とポールは言った。

「船体は見える？」

「まだだ。でもイルカがソナー能力を身につけた理由がいまわかった」

「音は海中のほうがよく聞こえるから。何か見えたら教えて。いまそちらの速度を落とすわ」

ＲＯＶの減速が肌で感じられた。そもそも数ノットしか出ていなかったのだが、腕への負担が大いに軽減された。

前方に影を捉えた。「見えた」とポールは言った。「ビルジ水を放出してるらしい。左へ一〇度、転針してくれないか？　あの真下には行きたくない」

カバーで覆われたスクリューの角度が変わり、オタマジャクシ形のＲＯＶが針路を変えた。「完璧だ」とポールは言った。「そのまま二〇秒間直進。そして水深三〇フィートまで上昇したらスロットルを切ってくれ」

フェリーの船体がはっきり見えてきた。海峡横断フェリーとしては二〇年来のベテランだ。喫水線《きっすい》より下は赤く塗られているが、錆や付着した海洋生物のせいでまだら模様になっている。喫水の深さ一六フィートの船縁《ふなべり》の下を通過したポールには、頭上にまだたっぷりの余裕があった。

「スロットルを切れ」

その合図でモーターが停まり、ポールと〈レモラ〉はフェリーの竜骨《キール》の真下まで惰走していった。

ポールはダイビング用ライトを点灯させた。「さあ、ここからは手作業だ」〈レモラ〉のケーブルを足首に巻き、ROVから手を離したポールは船体の突出部に向けて泳ぎだした。大型船の下に潜るのはポールにとって未知の体験で、船体に手を伸ばすと雲の底にふれているような気分になった。

「接触した」

「頭の上に三万トンが浮かんでる気分はどう?」とガメーが訊いた。

「浮力の法則に感謝せずにはいられない。それがあと一〇分で無効になるとしたら大慌てだけど」

ポールは船体に沿って動き、目当ての場所を見つけた。フェリーが動きだした後、動圧が最も低くなるとNUMAの技術者が請けあった船首の一角である。「取り付け位置を発見」

「どんな様子？」

「フジツボの大集会だ」とポールは答えた。「どうやら上海フェリー会社は船の汚損を気にしないらしい」

びっしりと張りついたこの海洋生物こそ、ポールが〈レモラ〉に乗ってきた理由だった。鋼鉄船であれば、このＲＯＶはどんな船底にも磁力で吸着するよう設計されているが、硬い殻を持つフジツボの層を挟むと肝心の吸着力が低下してしまう。作動させるまでしっかり固定しておくには、人の手でフジツボの一部を削り落とさなくてはならない。

そのために必要なのが、ニードルスケーラーと呼ばれる工具である。電動式のこの工具は、銃床とバーティカルグリップを具えたアサルトライフルのような形状で、長い銃身の先端がチタニウム製の鏨《のみ》になっている。スケーラーを起動させると鏨が高速で振動する。ポールの役目は鏨の刃をフジツボと船体の間に押しこみ、フジツボを剝がして滑らかな金属面を出すことだった。

「いくぞ」

スイッチを入れてスケーラーが動きだすと、ポールは狙いを定め、鏨の刃を船体に当てて押した。身体が押しもどされないように始終足で水を蹴っていなければならなかったが、スケーラーの威力は絶大で、フジツボは嘘のようにぽろぽろと剝がれていった。

ガメーの声がした。「層の厚さはどれくらい？」

「最低でも四インチ」

「海洋生物が船体で成長する速さには驚かされるわ。進水させた船舶に微生物の膜が付くまでに二四時間かからないって知ってた？」

「それは知らなかったけど。言わせてもらえば、こいつは微生物じゃない」

ポールが作業するあいだに、ガメーはフジツボについて問わず語りをはじめていた。ローマ人は鉛板を使ってキクイムシから船を守り、英国人が帆船の船体に銅板を貼った。錫は海洋生物の繁殖を防ぐのに最適でも、あいにくそれは驚異の速度で海中に有害物質を放出するから……。

ポールは話をほとんど聞いていなかった。鑿を適切な角度に保ち、甲殻生物のコロニーに刺していくことに心を砕いていたのだ。最初に二フィート×二フィートの区画を剝がし、二カ所めはそこから一〇フィート後方の狭い区画、最後に一カ所めのすぐ前方を削った。

すべて終えるころには作業がすっかり板についていた。

「……ほんと、海洋汚染のプロセスはとっても興味深いのよ」とガメーは締めくくった。

「そうだね」と相づちを打ったポールだが、ガメーが話した内容の三分の一も頭にはいっていなかった。「それに、汚れを除去するプロセスはことのほか楽しいよ。メイン州の歩道で除雪機を使うみたいで」

「もう終わったの？」

「準備完了だ」ポールはスケーラーをベルトに留めた。「これから〈レモラ〉を所定の位置まで移動させる。マグネットの起動準備」

水が淀む湾内で〈レモラ〉を移動させるというのが、これまた骨の折れる作業だった。ROVの浮力はゼロに設定されて重さはないに等しいものの、慣性が働くため、ROVを押したり引いたりしながら所定の位置につけるころには、ポールの息は上がっていた。

「メイン・マグネット起動」

〈レモラ〉を押さえる手に振動が来たかと思うと、そのまま数インチ浮上し、硬い金属音とともに船体にくっついた。メイン・マグネットは〈レモラ〉の頭頂部にある大きな円形のパッチで、まさに本物のコバンザメの吸盤そっくりだった。

「残るふたつも起動してくれ」とポールは指示した。前部と後部のマグネットが磁力を得て、ＲＯＶは所定位置に固定された。索具をつかみ、船体に足を突っ張って全力で引いてみたが、ＲＯＶはびくともしなかった。

ポールは索具を放して船体から離れた。「金属製の大きなフジツボがひとつ、仲間が削ぎ落とされた場所に張りついた。そっちにもどるよ」

「みごとね」とガメーが言った。「フェリーの左舷真横二〇〇ヤードの位置にいる。あなたの真正面よ。船体にたいして直角に泳げば難なく見つかるはず。でも、のんびりはしていられない。これからフェリーに乗らなきゃいけないし」

15

東京郊外

太陽が地平線の下に没したころ、一台の艶やかなベントレー・ミュルザンヌが高速道路を降り、東京都心から郊外へ向かう狭い一般道にはいった。五〇〇馬力の超高級セダンであるミュルザンヌは、イギリスの名門自動車メーカーを代表する最新のフラッグシップモデルである。日本の標準からするとかなりの大型車だが、流線形のフォルムが威圧感を和らげている。スピードとパワー、そして高級感漂うデザインの下にエイブラムズ戦車のDNAを受け継いでいることを感じさせる一台だ。

オースチンとザバーラは三〇万ドルする車の後部座席に座っていた。

「おれの最初の家はこれより小さかった」オースチンは広々とした車内に感心して言

った。

「値段だってずっと安かっただろう」とザバーラが横から口を出した。

走りはきびきびとしてスムーズで、しかも感覚遮断室にでもいるように静かだった。インテリアにはクリーム色のレザーが使われ、マホガニーのトリムがアクセントになっている。シートは身体全体をすっぽり包みこむようにデザインされ、オースチンがシートを倒すと、下からフットレストが出てきて足を支えた。

ザバーラもオースチンを真似てシートを倒し、頭の後ろで両手を組んだ。「死地になりそうな場所に潜入するってときしか、こんな車に乗れないのは残念だよ」

ナガノ警視が、東京郊外の違法カジノで多額の報酬の受け渡しがおこなわれるという情報を入手したのだ。その情報提供者によれば、報酬の受け手が〈牛鬼〉かどうかは不明だが、場所と時間に間違いはないという。

そこで警視はさまざまな伝手《つて》をたどり、裕福なアメリカ人を装うオースチンとザバーラが問題のカジノに入店できるよう段取りをつけた。ふたりにとって演じるのは造作もないことで、難しいのは〈鬼〉が現われた場合にどうやって追跡装置《トラッカー》を付けるかだった。

「疑われたら生きて帰れないぞ」とオースチンは警告した。

「まあ、柩《ひつぎ》のなかで見栄えはするだろう」とザバーラは言った。

オースチンはそれを聞いて吹き出した。ザバーラは隆としたアルマーニのスーツに身を包んでいた。拝絹をあしらった下襟は幅が狭く、スーツはたくましいザバーラの身体に完璧にフィットしている。黒いジャケットの下に臙脂《えんじ》のドレスシャツを合わせ、おまけに三日分の無精ひげを小粋なヴァンダイク風にととのえていた。そのせいでいささか悪魔じみて見えた。

「その姿で地獄に落ちたら、住人たちに支配者と間違われる」

「それも計画のうちさ」とザバーラは言った。「おれが自分で思ってるほど善人じゃなかった場合にそなえてね。あんたこそレストランの給仕長に間違われるぞ」

オースチンは反駁《はんばく》せずに笑顔で受け流した。こちらは拝絹のショールカラーの白いダブルのディナージャケット、糊《のり》のきいた白いシャツ、細めのボウタイという格好だった。《カサブランカ》のボガートもどきだ。

ザバーラとちがって、ひげはきれいに当たっていたが、もみあげを少し長く残し、銀色の髪は黒く染めて目立たないようにした。「〈戦闘〉までの時間は？」

運転手に扮《ふん》したナガノ警視がふたりを振りかえった。「あと五分ほどで着く。最後にもう一度訊くが、きみたちは本気で危ない橋を渡るつもりか？」

「こうするしかない」とオースチンは答えた。

ザバーラも同じくうなずいた。

ナガノは前方の道路に視線をもどした。「わかっているとは思うが、いったん店内にはいったら、こちらはもう手助けできない。警察がこのカジノにガサ入れすれば、流血の惨事になるのは目に見えている」

「暴力沙汰はならないと思う」とオースチンは言った。「あなたの言うように、その場所が厳格に管理されてるなら、〈牛鬼〉は武器を持ち込めないだろうし」

「やつは銃やナイフがなくても人を殺せる」とナガノは言った。「素手はもちろん、そのへんにある日用品を使った殺し方を一〇〇通りは持っている。やつにとって死は芸術表現だ。追跡装置の取り付けに気づかれないように、くれぐれも用心したまえ」

オースチンはうなずいた。ポケットにはコインが二枚ある。そのどちらにも精巧な発信器が内蔵されていた。ザバーラも同じコインを二枚持っている。このコインの一枚を〈鬼〉のポケットに、もう一枚を金の払い主のポケットに忍ばせてふたりを追跡し、カジノの外に出たところを確保する手はずになっていた。コインを忍ばせるのは、標的により近づけた者。だがすでに一度、直接対決していたザバーラは〈牛鬼〉にたやすく正体を見破られるはずで、だとすれば利があるのは自分のほうだ。

「気をつけよう。他に知っておくべきことは？」

「事がスムーズに運ぶように、情報提供者があらかじめあなたたちの名前を顧客リストに載せている。ジョーはラスベガスのボクシング・プロモーター、あなたはザバーラの会社とつながりがあるヘッジファンドのマネジャーとしておいた。万が一、確認されたときのために、ウェブサイトや住所などの個人情報も用意した。おそらく店側はあなたがたをテーブルに着かせようとするだろう。大金を賭けては負けているという噂を流しておいたから」

「少なくとも、その点は正確だな」オースチンは冗談めかしてポケットの札入れに手をやった。ザバーラとふたりでそれぞれ百万円強、一万ドル相当の現金を持っていたが、それはきっかけにすぎない。現金を擦《す》ったら、〈戦闘〉の従業員はふたりの名義で開設された銀行口座にアクセスし、その一〇倍の額を提供してくるだろう。

「〈牛鬼〉が近づきそうな場所は？」とオースチンは訊ねた。

「なんとも言えない。だがやつは残虐な行為を好む男だ。格闘技場の客席を当たるといい」

「ボクシングはかならずしも残虐じゃない」とザバーラが指摘した。

「ボクシングは一試合だけだ」とナガノは言った。「しかも五ラウンドの。ただの前座だ。その後にもっと血なまぐさい戦いがつづくんだ。残念だが、あなたたちにはあそこのフロアで、人が死ぬのを黙って見過ごしてもらうことになるかもしれない。そうしないと偽装がバレてしまう」

「死ぬまで闘う?」とオースチン。

「そういうわけでもないが、簡単に人を殺せる武器を使わせるんだ。ナイフ、刀剣、チェーン。デスマッチに出てくるのは、ほとんどが不始末をしでかした構成員でね。連中にとっては汚名返上のチャンスなんだ。しかし負けた方は……とにかく、あなたたちが目撃するのは、心臓の弱い人間には向かないとだけは言っておくよ」

それからの二分間、無言のうちに進んだ車は、最後の四分の一マイルは上部に一二フィートの鉄柵《てつさく》を設《しつら》えた凄みのある煉瓦塀《れんがべい》沿いに走った。そして巨大な正面ゲートに到着した。

武装したスーツ姿の男たちが身分証を検め、鏡を使って車の下をチェックし、さらには二匹の犬に車の周囲の匂《にお》いを嗅《か》がせて爆発物の有無を確かめた。そこまでしてようやく、車はゲートをくぐることを許可された。

車は美しい庭園を抜けていった。長い私道の両脇に、色鮮やかな花をつけた低木や趣きのある石灯籠《いしどうろう》、満開の桜の木がつづいた。コイがのどかに泳ぐ池に架けられた装飾的な木橋を渡り、車は建物に近づいていった。

伝統的な風情《ふぜい》はそこまでだった。本館はモダンなデザインになっていた。二階建てで前面には着色ガラスが使われ、上層は滑らかなコンクリート仕上げである。大きな曲線を描く建物の両端は草深い丘の奥に消えていた。

「ポストモダンな防空壕《ごう》だな」オースチンは真っ先に浮かんだ思いを口にした。

「むしろ地球の温度調節特性を利用した、超効率的な建物だ」とザバーラが言った。

「おまえは楽観主義者だな」

「いま見えているのは最上階の部分だけだ」とナガノが言った。「この建物はスタジアムのようなすり鉢状の造りになってる。ただし地面からせり上がるんじゃなく、地中にめりこむ形でね」

オースチンは建物の完成まえに撮影された航空写真を見ていた。丘のむこうには天然の窪地があった。その窪地を丘と人工の建造物で囲み、覆ったのだ。

表向きはホテルでも、宿泊できるのは上階のみ。下に降りるにつれて商売の裏の顔が見えてくる。ギャンブル、売春、ドラッグ。最下層にあるのが目玉となる格闘技場で、ガラスの壁を通して建物内のどこからでも観戦できるようになっていた。

玄関のドアに近づいたベントレーは速度を落とした。駐車係が近づいてきたが、ナガノは手を振ってそれを退け、入口のすこし先で車を停めた。

「幸運を祈ってくれ」とオースチンは言った。

「幸運のコインなら持ってるじゃないか」ナガノがドアをあけながらそう返してきた。

オースチンは車から降りてジャケットのボタンを留め、ザバーラを待った。車にもどったナガノが走り去ると、ふたりは階段を昇り、五つ星ホテルと遜色ない上品なロビーに足を踏み入れた。

大理石の床にクリスタルのシャンデリア。左右がカーブした空間に現代風の調度が配されている。一角ではピアニストとヴァイオリニストが静かな曲を奏で、セクシーなドレスをまとった背の高い白人女性のホステスが、シャンパングラスを載せたトレイを持って客の間をまわっていた。

「いいところじゃないか」とオースチンは言った。「今晩のデートの相手がおまえだなんて信じられない」

ザバーラはシャツの袖口《そでぐち》を直した。「おれの気持ちがわかるのか？」

ふたりはうながされてセキュリティに向かった。携帯電話を取りあげられて小さなロッカーに入れられ、そのキーを一個ずつ渡された。

つぎは空港でよく見かけるポータブルの探知機を使ったボディチェックだった。オースチンの腰のあたりで何度もアラームが鳴った。オースチンはポケットから例の発信機を出し、警備員に見えるようにした。

警備員はにやりとした。独特の黄色味を帯び、中央に穴があいた五円硬貨は、日本では縁起が良いものとされている。五円玉なら見馴れたもので、多くのギャンブラーが持ち歩く。

「お守りだ」オースチンはコインの一枚を警備員に差し出した。男はそれを断わり、二枚のコインはオースチンのポケットにもどった。

セキュリティチェックが終わると、オースチンは近くにいた接客係のところへまっすぐ向かった。トレイからシャンパングラスを取り、女性に笑いかけながら周囲に視線をやった。

すこししてザバーラもやってきた。「すごい込みようだ」

「コロセウムも似たような状況らしい」

「二手に分かれる？」

オースチンはうなずいた。「おれはこっちへ行く」と指で示した。「何周かしてから各フロアを調べよう。もしもの場合に備えて出口を探しておけ。一時間経って合流できなかったら、ここのピアノのところで落ち合おう。金は好きに使え。借金がふくらめば、それだけ早く格闘の最前列の席が手にはいる」

ザバーラは人込みを見渡した。「じゃあ、金をばらまきながら交流をはかるかな。羽振りのいい男が好きそうな、あちらにいる女性たちと」

オースチンはグラスを掲げてザバーラを送り出した。それから最後にもう一度ロビーを見渡すと反対の方向に足を向けた。片手にシャンパングラス、反対の手でポケットの幸運のコインにさわりながら、急ぐ様子も見せずに悠々と歩きだした。

ザバーラは環状の建物内を動き、壁の絵画を眺めるふりをしながら行き交う人々の顔をうかがった。オースチンにはできるだけ人相を伝えたつもりだったが、〈牛鬼〉を間近で見たのは自分だけで、それは目当ての人物を見つける可能性がオースチンよりはるかに高いことを意味する。

上階を一周すると内側の壁に近づき、床から天井まであるガラス窓越しに覗いた。はるか下の地下四階あたりに格闘技場があった。リングは正方形ではなく円形で、ガイドワイアで壁に固定され、金属ケーブルで吊られた投光照明の列とキャットウォークの陰になって部分的に見えないところもあった。

いまは照明が消され、アリーナは周囲の客席同様に人気《ひとけ》がなかった。とりあえず、

〈牛鬼〉探しは他を当たるしかなさそうだった。

カジノがあるフロアにたどり着いたころ、オースチンは二杯めのシャンパンを手にしていた。熱に浮かされた殺し屋らしき人物はいまも発見できず、日本の警察から渡された日本円もまったく使っていなかった。そろそろこの状況を変えなくてはならない。

彼はレートの高いブラックジャックのテーブルを過ぎ、参加者が三重に取り巻くクラップスの卓を覗くと、レトロなゲームマシンがずらりと並んだ通路をぶらついた。マシンの内部では銀色の球が跳ねまわり、盤面のネオンライトが激しく点滅している。そこに宇宙の神秘があるとばかりに見入る客たちは、人相を吟味しようというオースチンには無関心だった。

「パチンコをされますか?」と声がかかった。

オースチンは振り向いた。なまめかしいドレス姿のホステスが空いた台を手で示していた。

「アリガトウ」とオースチンは言った。「でもいまはやめておくよ」

オースチンはパチンコ台が並ぶ通路を抜け、牌九《パイゴウ》ポーカーのテーブルに着いた。百万円と交換で渡された透明なカジノチップの大半を躊躇なく場に押し出した。即座にカードが配られた。

「9です」と女性ディーラーがオースチンを見て言った。さらに数枚のカードが配られ、彼女がチップの山をオースチンのチップの脇に押し出した。

オースチンは微笑しながら、すべてのチップを場に残したまままつぎの手札を待った。今度も配られたカードの合計が9の〝ナチュラルナイン〟だった。最高で無敵のスコアである。ディーラーのカードは8で、一点差でディーラーは負けた。チップの山がさらに倍になった。

さっさと有り金をする予定がツキに乗っている感じがして、オースチンはチップの山を動かしてディーラーに全部を賭けた。つまり自分が負けるほうに賭けたのだ。この勝負ではオースチンのカードの合計が4、ディーラーが7。勝負としてはオースチンの負けだが、配当を得ることになった。

大量のチップの山がまたも倍となってオースチンのほうに押しもどされた。「テーブルリミットです」とディーラーが言った。三ゲームで、元手が八百万円にまでふえていた。

オースチンは勝利の結果に目をやった。自分の金を賭けていたら、こうもうまくはいかなかっただろう。

ツキが落ちるまで少額を賭けることにして、オースチンはディーラーに心付けをはずんでから数枚のチップを場に置いた。つぎのカードが配られたとき、背後に人が近づいてくる気配がした。爪の手入れの行き届いた手が肩にそっと置かれた。振りかえるとパチンコ台のところにいた接客係だった。オースチンを追ってきたのだろう。

「ツイてますね」と彼女は言った。

オースチンはにんまりした。早くも〝サクラ〟が寄ってきたということは、首尾が上々である証拠だった。「ここまではね」

オースチンは女を追い払わなかった。この場に溶けこむには彼女の存在は好都合だ。その美貌《びぼう》に視線が集まるぶん、自分のほうは人目に立たなくなる。それで楽に周囲をうかがうことができ、しかも危険は減る。

つぎの勝負で負けてどこかほっとしたものの、すでにちょっとした金額を稼いでいたから、借金をするにはもっと盛大に負けなくてはならない。

オースチンはふたたび賭けながら、〈牛鬼〉の姿はないかと視線を走らせた。最初は目に留まるものもなかったが、やがてテーブルのむこうに、フロアを仕切るピットボスの身体に半ばさえぎられた見憶えある顔を認めた。オースチンはいま一度紫煙を透かして目を凝らした。

「またお客さまの勝ちです」とディーラーが言った。

「くそっ」オースチンは低い声で毒づいたが、それはたったいまの望まない勝利にたいしてではなく、意外な顔を見つけたことへの反応だった。むこうのテーブルにいたのは、クンゾウ師の弟子で行方がわからなくなっているアキコだったのである。

ドレスを優雅に着こなし、濃い化粧で細く長い煙草《タバコ》をくゆらせながら、自分の前に置かれたカードから目を上げてはフロアの隅々にまで目をくばっていた。

アキコがここにいる理由には、いくつか思い当たるふしもあったが、そのいずれにしても好ましいものではなかった。

16

戦闘

ウォルター・ハンは〈戦闘〉の上階にあるプライベート・スイートに立っていた。床から天井まであるガラス窓を覗くと、円形の建物の下の階まで見える。観客が集まりはじめていた。闘いを見物したい気持ちはあったが、まずはビジネスが先だった。ハンはこのスイートに招いた客人、〈牛鬼〉に注意をもどした。〈鬼〉はすっかり人相が変わっていた。「大丈夫か、友よ？　それとも、これも変装のうちなのか？」

「傷がまだ治ってない」と〈鬼〉は答えた。「だから余計に早く払ってもらいたいんだ」

話すと顔がひくついて、歯を剝《む》いて唸っているように見える。その顔の痙攣《けいれん》に、黄ばんだ白目と濡れたような肌も相まって、〈鬼〉は名前どおりの風貌《ふうぼう》に近づいていた。

「金は払う」とハンは言った。「だがそのまえに、きみに撰択の機会をあたえよう。すんだ仕事の報酬を受け取るか。あるいはその一〇倍の報酬で、より簡単ではるかに重要な仕事を引き受けるか」

「あんたの仕事はもうたくさんだ」と〈鬼〉は言った。「このまえの簡単な仕事で、おれは死にかけた。さっさと金を払ってくれ。そしたらこっちは退散する」

「今回ばかりは、そう簡単にはいきそうにない」とハンは言った。

「なんだと？」

「ついに警察がきみの人相書を手に入れた。きみの顔は警察に知られている。だからすぐに見つかるだろう。そうなると、きみはさんざん罪を着せられることになるぞ。その大半は実際にきみが手を下したわけだが」

「まさか……あんた、おれを売ったのか――」

「きみの助けを求めている私がそんなことをすると思うかね？」

「ならどうして？」

「生存者がいると言ったのはきみだ」

〈鬼〉の顔色が変わった。怒りと不快感が入り混じっていた。

ハンはつづけた。「今後、人の目を避けながら赤貧にあえぐ余生を送りたくないなら、それはそれなりの金が必要だ。新たな人生に新たな身分、それに一生暮らせる金が」

ハンはポケットから折りたたんだ一枚の紙を取り出した。それを二本の指で挟んで差し出すと、〈鬼〉は一瞬ためらったのち、ひったくるようにして取った。

開いた紙には驚くほど正確に描かれた〈鬼〉の顔があった。唇に残る釣り針形の傷跡もそのまま写されている。絵の下には刺青の図柄が、これもびっくりするほど正しく再現されていた。

〈鬼〉はたぎる怒りにまかせて紙を引きちぎり、紙吹雪にしてハンに投げつけた。

ハンは肩をすくめた。「警察はコピーを持っているぞ」

「たいしたことじゃない」

「きみはわかってるはずだ」ハンは語気を強めた。「自分がもう終わりだってことを。夜にやってくる〈鬼〉の時代は終わった。あまつさえ、きみにはもう仲間がいない。手を貸す者はいないんだ。それが〃浪人〃というもの——最後はひとりで死ぬ。きみがよければ、私が解決策を出すことにする。でも、それには見返りがないとね」

「なんだ？　また人の首を差し出すのか？」

「それならきみは無料《ただ》でもやる。私が求めているのは消えた刀に関する情報だ」

「刀？」

「〈本庄正宗〉は知っているかね？」

「もちろんだとも。日本でいちばん有名な刀だからな。それが？　第二次大戦のあとで行方不明になった。アメリカ人が持っていったのか、それとも――」

「ああ、表向きにはな。その話なら私もよく知っている。戦後、米軍は儀式用の刀もふくめたすべての武器の引き渡しを要求した。富裕層の多くはそれに怒って、刀を渡すまいとしたが、徳川家正《いえまさ》はアメリカと協力することが日本の将来を保証する唯一の道と考えた。家正は本庄正宗をふくめ、一四振りの大変貴重な日本刀の所蔵品を引き渡すことにした。東京の警察署に提出された刀は、その後コールディ・ビーモアという名の米軍軍曹によって持ち出され、それを最後に行方がわからなくなった。単純な事件かと思いきや、アメリカ側の接収品目録にそれら日本刀の記載はなく、また占領期間中にビーモアなる氏名の兵士、水兵、航空兵が日本に配属されていたという記録もなかった」

「嘘に決まってる」と〈鬼〉は言った。

「もちろん嘘だ。でも誰の？　私はアメリカが不誠実であることを別にして、ほかに事情があると示唆する情報を得ている」

〈鬼〉の目がすっと細くなった。

うまく餌に掛かった。あとは獲物を巻きあげればいい。〈鬼〉はこの話を信じたがっている。伝説の名刀をその目で見て接したがっている。手にして振ってみたいとさえ思っている。それも当然だろう。芸術家なら誰もが巨匠の作品を見たいと考える。画家はピカソやゴッホの筆使いを見たがるし、彫刻家ならダビデ像を見て、ふれてはいけない大理石の肌にふれたがる。銃と剣で生計《たずき》を立ててきた〈牛鬼〉だけに、正宗を握るというのは無上の喜びであるはずだ。

「どんな情報だ?」

「徳川家に残されていた記録、および第二次大戦終結時に徳川家正が議長を務めていた貴族院のとある議員に宛《あ》てられた秘密文書。両者で話が食い違っている」

「つづけろ」

「徳川家正は間違いなく米軍との連帯を望んでいたが、一族の内には異なる意見もあった。その者たちが偽物をつくらせ、家宝の刀を安物の模造品とすり替えようとした。土壇場《どたんば》で家正がこれに気づいて揉め事が起きた。争いのあげくに死者まで出した。そこで家正は気がついた。これらの刀は一族の誇りにとどまらず、日本の抵抗と、日本がより偉大な国として再起するという思いを象徴しているのだと。本人が書いた書状

による と、家正の胸には恐れと希望の両方があったものの、長きにわたる戦争とその余波のなかで多すぎる死を経験して不安が先に立った。そこで刀が暴動のきっかけにならないように隠すことにした。ある貴族院議員に言づけて回収させた。代わりに渡したレプリカでは誤魔化せなかったので、おかしな名前のアメリカ人軍曹の話をでっちあげた」

「刀はどうなった？」

「徳川の文書には、神主に預け、その神域に隠せと」

〈鬼〉は嫌悪を表に出した。「戦の武器を神主の手に託したのか」

「そうらしいな」

「どこの神社だ？　どこだ？　神社は何千とある」

　ハンは深々と息を吸った。「具体的な名前は記されていない。だが同時期に書かれた別の書簡によると、徳川家は大戦が勃発《ぼっぱつ》するずっと以前から、富士山の麓《ふもと》にある特定の神社を援助していたらしい。相当に鄙《ひな》びた場所にある。だがまたとない貴重なものを、国宝級の名品を隠してほしいと託すなら、古くからの知己を頼ると考えるのが自然だ」

〈鬼〉はうなずいたが、まだハンへの不信感を拭《ぬぐ》いきれてはいないようだった。「この情報はどうしていままで出てこなかった？　〈本庄正宗〉が行方不明になったその日から、トレジャーハンターたちは血眼《ちまなこ》になって探してるんだぞ」

「私が入手した記録は、彼らが目にすることのできないものでね」とハンは言った。

「政府記録だ。日本の捜査陣は、一九五五年の時点でこの可能性について検討していた。しかしその当時にはもう、日本はアメリカにべったり依存するようになっていた」

ハンはシャンパングラスを手にした。「ワシントンからの融資で、日本は再建されつつあった。アメリカへの輸出が急増し、実業家という新たな富裕層が誕生する一方、アメリカの艦艇や航空機、兵士たちがロシアの熊《くま》と中国の龍から日本を守っていた。こうした状況を踏まえて、時の権力者たちはその関係を損なうようなことは断じてあってはならないと考えた。日本の国粋主義やかつての将軍家、あるいはこの国を戦争に駆り立てた支配階級につながる名刀がいきなり出現するようなことなどもってのほかだとね。刀の消失の経緯を説明しようとすれば、徳川家を巻きこむのは避けられない。そこで彼らは優秀な政治家なら持つべき手法を使った。月にも届きそうなお役所仕事の山のなかに情報を埋め、手がかりが探られることのないように不都合な真実を眠らせた」

「それが事実だというのか？」と〈鬼〉は訊いた。

「断言はできないが。しかし刀が神主のもとになければ、永遠に失われたことになる。それに日誌のこともある。正宗とその子孫のものとされる日誌で、そこで正宗の秘密が明かされている。そんな名刀を生み出す秘訣《ひけつ》がね」

その話を真に受けたらしい〈鬼〉だったが、まだ警戒は解いてはいなかった。「あんたはいままで刀の蒐集に興味も示さなかった。どういう風の吹きまわしだ？」

「私がここにいるのは、きみの質問に答えるためじゃない。だが母国の自立に急に興味が湧いたとだけ言っておこう。私の言うとおりにすれば富はもちろん、新しい人生とこれまでの罪の完全赦免も保証する」

「やっぱりあんたは嘘つきだ」と〈鬼〉は言った。「こっちはもらうものをもらって出ていく」

ハンは肩をすくめた。押し売りはここまで。彼はポケットから小さな円盤状のものを取り出した。通常のカジノチップより大きく、真鍮製で八角形をしている。手に載せるとずっしり重く、片面には数字が、反対の面には龍の頭が刻まれていた。

「このマーカーは現行の契約報酬の残高と等価のものだ。カジノのテーブルに持っていけば、高額のチップに交換してもらえる。なんなら両替所に直接持ち込んでもかまわない。アメリカかヨーロッパの通貨で買い取ってくれるだろう。あっちの紙幣は額面も大きいから持ち運びが楽だ。もしも気が変わったら、マーカーは換金せずに電話をくれ。新たな取引きについて話し合おう」

ハンは窓際のテーブルにマーカーを置いた。〈鬼〉はテーブルに近づいて金色の円盤を取りあげた。手のなかでその重みを確かめながら、目の前の選択肢を天秤《てんびん》にかけた。ハンに一度目をやってから、ガラス越しに下の様子をうかがった。そして熱っぽい目をかっと見開いた。「まさか」と低く洩らした。

「選ぶのはきみだ」

しかし、〈鬼〉はそれを聞きもしなければ、新たな取引きについて口も出さなかった。その目で下の階の通路にいる人物を食い入るように見つめていた。「まさか、そんなわけがねえ」

〈鬼〉はマーカーを握ると、ドアに向かって突進した。

ハンは相手をつかもうという衝動に駆られたが、〈鬼〉に手を出さないだけの分別はあった。

〈鬼〉は通り過ぎしなにワイングラスをつかみ、壁に叩きつけて縁を割ると廊下に飛び出していった。

17

一時間かけて建物のレイアウトを確認したあと、ザバーラは正面玄関近くのアルコーブまで引きかえした。ピアニストは休憩中らしく、ヴァイオリンの独奏だけがあたりを満たしていた。

オースチンの姿はなく、ザバーラはシャンパンのおかわりを受け取ってラウンジチェアに腰をおろした。客たちに背中を向ける格好になったが、背後の動きは磨きあげられたピアノの側面に映って見えている。気づかれずに客を見張る最適な方法だった。

ピアノの脇をよぎる人々の顔をひとつひとつ確かめ、オースチンの姿を探した。ところが、ザバーラが認めたのはオースチンではなかった。手に何かを持ち、一直線にこちらに向かってくる男だった。

どうやら見つけるまえに見つかったらしい。逃げるか闘うかという本能が頭をもたげたが、ザバーラはその場でゆったり構え、狂気を発した相手が近づいてくるのを待った。

ぎりぎりのところで横に身をかわすと、フルートグラスの中身を〈牛鬼〉の顔にぶちまけた。一瞬、視界を奪われた〈牛鬼〉が振りあげた凶器は、ザバーラではなくラウンジチェアの柔らかい背もたれに突き刺さった。それでも〈鬼〉は空いた手をザバーラの首にまわしてヘッドロックをかけ、尖《とが》ったグラスのステムで喉を突こうとした。

客たちがはっと息を呑んで後ずさった。

ザバーラには不利な状況だった。が、武器を持たない彼は完璧な反応をした。前腕で凶器をブロックした際に軽傷を負いつつも、〈鬼〉の手首をつかみ、反対の手で殺し屋の頭にシャンパングラスを叩きつけた。血を流した〈鬼〉は怒り狂った。〈鬼〉はつかまれていた腕を振りほどき、ふたたび攻撃を仕掛けようとした。だがザバーラのほうが速かった。グランドピアノの側面で両足を踏ん張ると、逃げるのとは逆に相手のほうに思い切り体重を掛けた。

椅子の背もたれが鳩尾《みぞおち》に当たり、〈鬼〉は後ろに倒れこんだ。椅子も引っくりかえったが、ザバーラはすかさず立ちあがり、〈鬼〉の顔面めがけて左足を一閃した。

〈鬼〉の口から血と唾《つば》が飛んだ。

その蹴りで横に転がった〈鬼〉は、起きあがって唇の血を舐《な》めた。

ザバーラは〈牛鬼〉の目をまっすぐ見ながら、片手を前に出して挑発した。

前に出た〈鬼〉はザバーラをタックルで倒し、上から伸《の》しかかろうとした。〈鬼〉を押しのけたザバーラは体勢を入れ換え、相手の側頭部にラビットパンチを見舞った。〈鬼〉は再度スリーパーホールドを狙ってきたが、ザバーラは〈鬼〉の腹を肘打ちして回避した。

任務完了、とザバーラが思った矢先、立ったそばからカジノの警備員数名によって床に押さえこまれていた。四方から駆けつけた警備員はザバーラと〈鬼〉の双方に群がった。

数多くの手足があってよく見えないまま、ザバーラはテーザー銃の衝撃を感じると、不意に身体が軽くなり、たくましい腕によって床から持ちあげられるのを意識した。

客が呆気にとられ、ヴァイオリニストが隅に立ちつくすなかを、ザバーラと〈鬼〉はロビーから引きずり出されていった。最後にザバーラが目にしたのは、ヴァイオリニストに演奏をうながし、顧客を落ち着かせようとしている男の姿だった。その後は裏の通路まで引きずられると、壁と床がコンクリート張りで、ドアがスチール製の一室に放りこまれた。

〈牛鬼〉も、彼の正体を知らない男たちから似たような扱いを受けていた。両手を縛られながらも、〈鬼〉はひとりの男の腹に膝を入れて床に這わせた。すかさずテーザーで撃たれ、〈鬼〉はその衝撃に脱力しながらもますます怒りを燃やした。床に押さえつけられた格好で、チャンスが来たら連中をどうやって責め苛《さいな》もうかと思いめぐらしていた。

男たちが武器の有無を探ると、金色のチップが出てきた。このマーカーを持つのはカジノの最上の客だけである。

たちまち手荒な扱いがやんだ。男たちはたがいに顔を見合わせたあと、床から起きあがる〈牛鬼〉に手を貸して椅子に座らせた。

彼らが質問するより先にドアが開いた。戸口に男がふたり立っていた。ひとりは暴力団の若頭でカジノの支配人でもあるカシムラという男。もうひとりはウォルター・ハンだった。

18

その殺風景な部屋で、カシムラ・ヒデキは怒りにふるえていた。カシムラは四十代半ばの肩幅が広い男で、組のシノギであるこのクラブを仕切っている。金を回収し、店を秘密のベールに包んでおくために容赦ない掟《おきて》を徹底させた。愚かにも彼に逆らった人間は、コンクリート詰めの死体となって東京湾で発見されるのが常であった。

そんな暴力が身体に染みついたカシムラですら、〈牛鬼〉の血走った目を覗きこんだときには寒気のようなものを覚えた。〈鬼〉にまつわる噂が半分でも事実なら、この男は日本一凶悪な殺し屋ということになる。犠牲者をさんざんに嬲《なぶ》ってから殺すそのやり口は、暴力団の組長ですら顔をしかめるほど病的だった。殺しはビジネスであって娯楽ではない。だが〈牛鬼〉にとってはその両方なのだろう。

「おれのクラブで騒ぎを起こすような真似は許さない」とカシムラは言った。

「われわれの友人の〈鬼〉には、それ相応の理由があったんだろう」とハンが返した。

「あんたの友人だ」とカシムラは正した。「〈鬼〉は何年もまえに、組とは袂《たもと》を分かった」

「組か」〈牛鬼〉はぼそりと口にして、嫌悪もあらわに血の混じった唾を床に吐いた。

「暴れ足りないなら、リングに上げてやってもいいんだ」とカシムラは言った。

「やってみな」と〈鬼〉。

ハンが割ってはいった。「きみが襲いかかった男は何者だ?」

「見てわからないのか?」と〈鬼〉は言った。「あんたの指図で、おれが殺ろうとした一味のひとりだ」

「おかしな嘘をつくな」とカジノの支配人は言った。「あの男はラスベガスのプロモーターだ」

〈鬼〉は声をあげて笑った。「やつはプロモーターなんかじゃない。アメリカ政府の工作員だ」

「工作員だと?」とカシムラは訊きかえした。「そんなやつがどうしてここにいる?」

「心配ご無用」とハンは請けあった。「〈鬼〉の言うとおりなら、目的はカジノではない」

「だったら何が目的だ?」

「〈鬼〉が顔を見られてね。おそらく連中は彼を捕まえにきたんだろう」

「連中って？　あの男以外にもまだ誰かいるのか？」

「こんな要塞《ようさい》に、あなたは単身で乗りこむかね？」

　カシムラは激怒した。〈鬼〉には目もくれず、ハンを見据えた。「あんたはこのイカれた男をおれの仕事場に連れてきて好き勝手やらせた。アメリカ人のエージェントとやらにまんまと後を跟《つ》けられたあげく、おれに警告ひとつしなかった。あんたらふたりを始末してやる」

「まずはあのアメリカ人を殺して、コイの餌にしてやれ」と〈鬼〉が言った。「なんなら、おれがやってやる」

「だめだ」とハンは言った。「ひとりで来たかどうか確かめないと」

「それは不可能とは言わないが難しいだろう」とカシムラが言った。「おわかりだろうが、ここには監視カメラがない」

「だったら拷問《ごうもん》して吐かせりゃいい」〈牛鬼〉はそう言って椅子から立った。

　カシムラは、自分の店に〈鬼〉がいることに我慢ならなかった。この男は無駄に暴力をふるいたがる。しかも強情が過ぎる。「それより、あんたらを追い出すほうがいいな。アメリカ人どもがあんたらを探しにきたんなら、あんたらを放り出せば勝手に出ていくはずだ」

「彼らはここに来るまでに、何かしら情報をつかんでいる」とハンは指摘した。「ここで誰が何をしたかという証拠もふくめてね。そんな情報が警察に伝わらないともかぎらない」

「警察のほうは心配ない」とカシムラは言い放った。「とにかく、外人は全員店から追い出すことにする」

「私にもっといい考えがある」とハンは言った。「あのアメリカ人をリングに上げて、命懸けで戦わせるんだ。店じゅうのスクリーンに彼の画像を映してな。彼がひとりならスリル満点の格闘が見られるだけだが、もし観客のなかに仲間がいれば、かならず彼を助けにくるだろう。そこにあなたの部下を配置しておけば一網打尽にできる」

19

オースチンは稼いだチップを集め、大勝ちしたテーブルを離れるとフロアを回りこんでアキコの背後に近づいた。「きみみたいなお嬢さんがこんなところで何をしてる?」と声をかけた。「いや、これは質問を間違えたかな」

オースチンの声にアキコは凍りつき、背中をこわばらせた。

「カードは?」とディーラーが訊いた。

アキコは返事をしなかった。

「カードは要りますか?」

「きみはいま一六だ」とオースチンは言った。

ブラックジャックをプレイしていたアキコはゲームに集中し直すと、反射的にカードを一枚要求した。配られたのは赤のキングで合計二六となり、ディーラーがアキコのチップを没収した。

「もう離れてもいいころだ」とオースチンは持ちかけた。「ちなみに、ぼくが言っているのはゲームのことだけじゃない」

アキコは席を立ち、オースチンと目を合わせずに横をすり抜けた。

オースチンは彼女を追って横に並ぶと歩幅を合わせた。「ぼくとはもう口もききたくないってことか?」

「あなたは邪魔をするから」とアキコは言った。

「なんの?」

彼女はオースチンに一瞥《いちべつ》をくれた。「あなたはどうしてこの場所のことを知ったの?」

「小鳥が教えてくれた。きみは?」

「ここはわたしの家だった」とアキコは答えた。「わたしの牢獄《ろうごく》」

オースチンは彼女の腕をつかんで向きあった。「それはどういうことなんだ?」

「わたしはカシムラに飼われていた」と吐き棄てるように言った。「珍しいことじゃない。そういう人間は大勢いるわ。わたしは所有物だったから、やれと言われたことをやった。どんな使われ方をしたかは想像つくでしょう。でもあるとき、自分には闘う才能があるとわかって、わたしは娼婦《しょうふ》以外のものになれるチャンスに飛びついた。

できるかぎりのことを独学で身につけて。武術を学び、侍を、武士道を学んだ。ケンゾウ先生との出会いは偶然だったけれど、わたしはきっかけをつかんでここを出て、先生のもとに身を寄せたわ。でもやつらに見つかった。やつらはわたしを追ってきた」

オースチンは理解しはじめていた。「それできみは――」

「やつらに見つかった」アキコは言葉を重ねた。「わたしが逃げようとしたから、見せしめにわたしの新しい家族を罰した。ケンゾウはわたしをわたし自身から救おうとしたせいで殺された。だから、わたしは自分が死ぬことになろうと正しいことをするつもりよ」

ナガノ警視から話は聞かされていたとはいえ、オースチンはいささか虚を衝《つ》かれた。すべて納得したわけではなかったが、アキコのまなざしには強い決意が表れていた。

「カシムラか」と確かめるように言った。「この店を仕切っている男だな」

アキコはうなずいた。「やつらは自分の持ち物を失うのが厭なの。自分のものを他人に奪われたくないのよ。わたしは自由になれると思っていたけど、自由になんかなれない。だから敵と向きあって刺し違えるつもり。わたしがあなたなら、わたしといるところを見られないようにするわ。わたしの行動のせいで、あなたも殺されるかもしれない」

客の一団がそばまで来ているのに気づき、オースチンはアキコを急かして上階につづくスロープへ向かった。すでにザバーラと合流する時間に遅れていた。

「聞いてくれ。きみは大きな誤解をしている。先日、警察と二時間ほど話をした。ぼくらを襲った連中は、かつてはヤクザと関係があったが、いまはちがう。それにやつらが城を襲ったのは、きみを連れもどすためでもケンゾウを見せしめにするためでもない。われわれがケンゾウから情報を手に入れようとしたのを阻止《そし》するためだった」

アキコの目が、その話を信じたがっているように見えた。

「本当だ。あんなことになったのはきみのせいじゃない。ぼくらの訪問と、ケンゾウが海中で発見した事実こそが原因なんだ。地震とケンゾウが発見したZ波が関係している」

アキコは顔を曇らせた。「わたしはここから逃げ出した人間よ。だから、やつらの秘密を知ってるわ。やつらが明るみに出されたくないことを」

オースチンは首を横に振った。「連中がきみのことを憶えていたら、ここに足を踏み入れた瞬間にきみは殺されていたはずだ。とにかく、きみが今回のことを気に病む必要はない」

「それを本気にしていいのかわからない」

「帰りのタクシーの車内でじっくり考えてくれ」とオースチンは言った。「きみはここを出るんだ」

「なぜ？」

「連中がきみのことを思いだすといけないから」

最上階まで来たふたりは、ピアノが置かれたアルコーブに足を向けた。ザバーラの姿はなかったが、生演奏が中断したままスタッフが床に散乱したガラスを片づけ、調度の配置を直していることから何らかの騒ぎがあったことが知れた。イアフォンをつけた警備員が数人の客と話しているのもそれを裏づけている。

「そのまま歩きつづけて」オースチンはそう言いながら、アルコーブと正面玄関を過ぎて反対の方向へ進んでいった。

「ここを出るのかと思っていたのに」

オースチンは振りかえらなかった。「このままではきみもぼくも、別の出口を見つけないかぎり外に出られない」

ふたりはそのまま廊下を行き、ひとつ下の階の客でごった返したカジノフロアにもどった。ちょうど店内のスクリーンで、賭け試合の対戦カードが更新されるところだった。

今宵の第一試合、〈ファイト1〉と銘打たれた枠に、ザバーラの顔写真と偽名がでかでかと映し出された。

「あの記号はどういう意味なんだ？」とオースチンは訊ねた。

「武器を持って闘うという意味。ヌンチャクとか杖《つえ》とか半杖《はんじょう》とか。一ラウンド三分の七回戦、またはどちらかが立てなくなるまで。ギブアップはないわ」

新たな問題を前にして、オースチンの頭から〈牛鬼〉あるいは〈牛鬼〉を雇った人物を見つけるという目的は除外された。「きみの助けが必要になりそうだ」

「何をするの？」

「ジョーを救出する」

20

オースチンとアキコが群れる客の間を移動しているとアリーナの照明が点いた。

「試合開始まであとどれくらい？」とオースチンは訊ねた。

「二〇分」

カジノフロアの至るところで、賭け手が自分のチップをまとめてエキジビションへ向かおうとしている。

オースチンはその人波に乗って進んだが、アキコが徐々に遅れだした。「離れるな」

「アリーナに行ったらだめよ。それがやつらの狙いだから」

「それでも行く。ただ、むこうが予想しないやり方でね。まずは人目につかないようにしないと」

奥の壁の隠し扉が開き、飲み物をのせたトレイを運ぶカクテルウェイトレスが現われた。

「家《BOH》の裏だ」とオースチンは言った。「どこのホテルにもある」

オースチンはアキコをそちらへ導き、壁の滑らかなあたりで足を止めた。すぐに扉が大きく開き、別のウェイトレスが出てきた。

ウェイトレスはふたりに目もくれず、人込みを縫うようにカジノテーブルへ向かっていった。扉が閉じるころには、オースチンとアキコは内部に滑りこんでいた。

ふたりは飾り気のないバックヤードにいた。一方にはドリンクステーション、もう一方には無人のロッカールームが複数ある。通路の先から足音が聞こえて、オースチンはロッカールームのひとつに忍びこんでドアをしめた。

その足音が過ぎていくと、人の気配がなくなった。「きみは復讐《ふくしゅう》するためにここに来た。どんな計画を立てたんだ？」

アキコはドレスに隠した小袋からプラスティックの小瓶を取り出した。「毒薬。遅効性の。毒が効いてくるまでに逃げる時間があるから、誰の仕業かわからない」

「それを貸してもらえないか？」

アキコは瓶を袋にもどしてオースチンに差し出した。「役に立つかしら」

「ぼくにはＡＫ‐47のほうが性に合っているけど、こっそり持ち込むにはこのほうがいい。今夜のドレスコードを考えればとくにね」

「ずいぶん自信があるみたい」

「もちろんさ」オースチンは言い切った。「ぼくらは支配人に苦情を言うだけでいい。きっと理解を示してくれる。でも彼に近づくには場に溶けこむ必要がある。だから、きみにはカクテル係の制服を着てもらえるとありがたい。まずはそこからだ」

アキコはロッカーをつぎつぎ開いて目当ての制服を見つけると、恥じらうことなくドレスを脱ぎはじめた。オースチンは遠慮して彼女に背を向け、ロッカーを漁《あさ》って目的のものを見つけた。同じような薬瓶だ。

それをポケットに入れてから向きなおった。

「あなたは着換えないの？」とアキコが訊いた。

「いまのところはね」

「その白いジャケットは目立つわ。近づいていったらすぐに気づかれてしまう」

「それを当てにしてる」


格闘技場の地下にある別のロッカールームでは、ザバーラが格闘用のウェアを着けるよう命じられていた。運動着や道着がいくつかあるだけで種類は限られている。

「甲冑みたいなのはないのか……ほら、中世前期のやつとか？」

見張りの男たちにジョークは通じなかった。カシムラからは、ザバーラに対戦の準備をさせ、抵抗するようなら無理にでもアリーナに引きずりだせと命令を受けていた。それ以外に話をすることは禁じられていたのだ。

ザバーラは仕方なく道着の上下を選んだ。ゆったりした灰色の上衣はV字襟で、下衣はウエストがゴムで動きやすいデザインになっていた。

実戦用に数種類の武器が用意されていた。ザバーラはヌンチャクを手に取ると、左右に持ち換えながら振ってみた。以前、遊びで振りまわしたことはあったが、本格的な稽古《けいこ》なしでは相手ばかりか使い手にも危険な代物だ。あやうく自分の顔に当てそうになり、ヌンチャクを下に置いた。

閉ざされた扉のむこうから観客のざわめきが聞こえてくる。日本語で試合の開始が告げられると、どっと歓声があがった。

「時間だ」見張りのひとりが言った。

扉が開くと、観客のどよめきと、目が眩《くら》むほどの光が襲いかかってきた。思わず目を細めたザバーラは、後ろから押されるようにスロープを上がっていった。

ザバーラは周囲を六フィートの壁に囲まれた円形のリングに足を入れた。闘牛場を彷彿《ほうふつ》とさせたが、床は板張りで、そこに血痕《けっこん》らしき黒い筋が染みついている。

「励みになるな」とザバーラはつぶやいた。

「みんなおれに賭けたほうがいい」今度は自陣にいる見張りたちに向かって言った。

「ぜったい儲《もう》かるから」

誰も返事をしなかったが、向かいの壁の開口部から対戦相手が現われると、その理由が明らかになった。相手は化け物だった。身長が六フィート七インチ、全身筋肉の塊だった。肩は盛りあがり、腹筋は洗濯板のように割れ、腿は木の幹ほどの太さがある。

「気にするな。おれだって自分に賭けないから」

背後で見張りが鼻を鳴らしたが、ザバーラはこのうえなく上機嫌だった。自分はひとりではないと知っていたからだ。カートが助けにくる。そこまで生き延びればいい。そんな状況で時間を稼ぐなら、俊敏な攻撃を繰り出してくる武道家より力自慢の大男を相手にするほうがはるかに楽だった。

ザバーラはリングの中央に押し出された。示された武器のなかから、コモドドラゴンを飛び越えたときに使ったような杖を選んだ。日本版ヘラクレスは両手に一本ずつ杖を持った。

ホーンが鳴り、試合がはじまった。いきなり寄ってくる巨人にたいして、ザバーラは杖を正面に構えた。巨人を近づけまいと杖の先で何度か突いた。最初の二本は相手の脇腹にはいったが、巨人はそれを何事もなかったかのようにあしらった。三本めの突きをきっかけに、相手は容赦ない反撃に出た。その巨体に似合わぬ速さで左手の杖を振りおろし、ザバーラの杖の先をフロアまで打ち払うと同時に飛び出して、ザバーラの頭蓋《ずがい》めがけて右手の半杖を振った。

ザバーラは間一髪でかわしたが、杖が頭上をかすめる鋭い音がはっきり聞こえた。観客が一斉に息を呑み、ザバーラは退いてふたたび防御の姿勢を取った。

「そう焦るなよ、でかいの。おれの頭を掘るまえに、すこしは客を楽しませてみろ」

壁に話すも同然だった。男は笑うどころか顔をしかめることもなかった。黙って突進してきただけだった。

ここはフロアに伏せると、敵の脚の間に杖を挿しこんで横に払った。大男は膝から崩れて倒れた。

ザバーラのつぎの一手は大男を痛めつけるのではなく、相手の武器を取りあげることだった。自分の杖を9番アイアンさながらに振ると、それが男の片方の杖をみごと捉えて客席の三列めまで飛ばした。そのミサイルを避けようと椅子から飛び退《の》く観客を見て、ザバーラは声を出して笑った。

その余興のあいだに敵は立ちあがっていた。こっちが頭ではなく、わざと武器を狙ったことに気づいてくれないか、とザバーラは願った。

あらためて対峙《たいじ》するまえに、ラウンド間のインターバルを知らせるホーンが鳴った。大男は自陣にもどって簡単な手当てを受けた。ザバーラがもどっても、見張りの男たちはただ見つめてくるだけだった。ザバーラは自ら水のボトルを取って口にふくむと壁に寄りかかった。

そこで初めて客席を眺めることができた。こぢんまりとした空間で、収容人数は一〇〇〇名ほど。リングを囲む急な勾配《こうばい》に設けられた観客席はすべて埋まっている。

オースチンを探したが見当たらなかった。代わりに見えたのは、すべての出入口と各通路に立つ警備員の姿だった。いかにカートでも、この警備の目をかいくぐってアリーナにはいりこむことはできない。そこは本人も承知しているはずだ。ということは、カートが別の手段を見つけるまで闘いつづけなくてはならないのだ。

第二ラウンドの開始を告げるホーンが鳴った。ザバーラは水のボトルを置いて前に出た。「早くしてくれよ。いつまでもゴジラと踊ってられない」

21

格闘技場を見おろす豪華なスイートで、ウォルター・ハンは分厚いガラス越しに闘いに見入っていた。ガラスが観客の声や激しい殴打の音を殺し、プライバシーが確保されている。ハンはオペラグラスで場内を見まわしたが、救援活動がおこなわれている様子はなかった。

「どうだ？」とカシムラが訊ねた。

「まだだ」

「やつを表に引き出すあんたの計略も当てがはずれたな」カシムラは小馬鹿《こばか》にしたように言った。

ハンはオペラグラスを置いて歩きだした。アメリカ人の登場は彼を不安にさせていた。全員が死亡もしくは入院と聞かされていたのに、こんな間近に現われたのだ。持ち前の生存本能が危険を警告していた。

ハンは自らが知る事情をカシムラに語った。「ドアマンから聞いた人相からして、きみたちが探すのはオースチンという男だ。人目を惹く白いディナージャケットを着ているらしい。リングに立つ男はその仲間だ。私が知るかぎり、このふたりはおたがいをけっして見棄てない」

カシムラは鼻で笑った。「虚勢だな。ここまで掛け金が上がると、そんなもんは窓から放り出される。自分のためを思ったら、そのオースチンはいまごろ出口を探してるさ」

「そこにきみの手下が立ちはだかるわけか」

「当然だ。信用しろ、もはや連中の逃げ道はない」

ハンはうなずいた。「では失礼して、あとはきみに任せる」

「帰るのか?」

最良のタイミングでないことは承知していたが、ここを出なくてはならない。正体が露見したら計画全体が崩れ去る。そして保身に走る党の指導者たちから生贄《いけにえ》にされる。「私が残ったところでどうなる? きみは言った、連中に逃げ道はないと」

言葉尻をとらえられ、カシムラは「うまくいかなかったときは、あんたの耳にもはいるぞ」と脅しの言葉を口にした。

「きみは自分の立場を忘れているな。私はきみよりずっと上の組の幹部とつながっている。私の力添えは長年つづいているんだ」ハンは許可を待たずにドアに手を掛けた。「あのアメリカ人の友人たちがここに来ているなら、見つけて消してもらおう。いないようなら、リングの男を始末して、ここに来た痕跡《こんせき》を残さないようにするんだな」

カシムラは気色ばんだが、ハンを引きとめようとはしなかった。「その野人は連れていけ。二度とここに連れてくるな」

ハンはドアをあけると〈鬼〉をうながした。ふたりは連れ立って部屋を出ていった。

あとに残ったカシムラはむっとしたまま考えこんでいた。やがてテーブルのオペラグラスをつかんでアリーナを眺めた。とくに変わりがないとみてオペラグラスを下ろし、部屋にはいってきたカクテルウェイトレスに空のタンブラーを指さした。

「スコッチ」

張りぐるみの椅子に腰を据えると、ウェイトレスが新しく用意した飲み物を持ってきた。

ウェイトレスの顔も見ずにグラスを口に運び、液体を半分ほど流しこんだ。いい具合に喉が焼かれて、たちまち気分が鎮まった。

タンブラーを置いて格闘に目をもどすと、第二ラウンドも第一ラウンドと同じような展開で進んでいた。巨人が仕掛ける攻撃をアメリカ人が機敏にかわしている。

「ハンの言うとおりか」とカシムラはつぶやいた。「助けが来るのを待ってるのかもしれない」

「だったら、失望させるわけにはいかないな」と背後で声がした。

カシムラは椅子の上で振り向いた。間違いようのないアメリカ英語のアクセントと、白のディナージャケットが声の主の正体をはっきり告げていた。男は丸腰だが笑みを浮かべていた。

「オースチンだな」

「そうだ」と男は答えて椅子に座った。

「どうやってここまで来た？」

「びっくりするほど簡単だったよ」オースチンは得意げに答えた。「きみの手下は外でこっちを見張っているから、廊下は空っぽだし。ドアのところにいた警護もあっさり引きさがった」

「おれに警護なんて必要ない」カシムラはそう言うと、短銃身のピストルを抜いてアメリカ人の胸に狙いを定めた。

オースチンは恐怖も警戒の色すら見せず、降参のつもりなのか、両手をぞんざいに挙げた。はっきり笑顔だった。負けた男の表情ではない。「ぼくだったら、いまは引き金をひかない」

「友だちと東京湾の底に沈むとき、あのとき撃ってほしかったと後悔するぞ」

「そしてあんたは、あのときこっちの話を聞いておけばよかったと後悔するんだ」とオースチンは返した。「心臓が細動を起こして、身体じゅうの穴という穴から出血したときにね」

「なんの話だ？」

「ぼくらは一心同体ってことさ」とオースチンは言った。「ともに生きるか、ともに死ぬか。あんたしだいだ」

「嘘もはったりも、このあたりじゃ通じないぞ」

オースチンは空になったプラスティックの小瓶を示すと相手に放った。カシムラは空いた手でそれを受けとめた。側面に苦味のある残留物が付着していた。

「そこにはヘパリンが詰まっていた」とオースチンは言った。「強力な抗凝血剤だ。成分は殺鼠剤《さっそざい》とほぼ同じ。あんたはその酒といっしょに致死量を摂取した。あんたの体格の三倍もある大男――あそこでぼくの友人をぶちのめそうとしてるやつを殺せる量だ。薬の味はアルコールで消えたかもしれないが、金属っぽい苦味がまだ舌に残ってるだろう?」

カシムラは歯に舌を這わせた。不快な異物感があった。殺鼠剤の効能は知っていた。ネズミ以外にも使用したことがある。

「火照《ほて》りもあるんじゃないかな」とオースチンはつづけた。「いまじゃなくても、じきに心拍が速まるぞ」

カシムラは顔に熱を感じた。心臓がしっかり、しっかりしすぎるくらい鼓動している。額には汗が浮いていた。「おまえは生きてここを出られない」

オースチンは眉を吊りあげた。「あんたのエスコートがあれば大丈夫だ。そうしてくれるんだったら、別れぎわに玄関で固い握手を交わそう。その手に解毒剤を握らせる」

「おまえを撃って、死体から解毒剤を探すって手もある」カシムラは銃の撃鉄を起こし、銃身に目をやった。

「すばらしいアイディアだ」オースチンがそう言って開いた手のひらに、色と形と大きさが異なる五種類の錠剤があった。「このうちひとつが解毒剤だ。でも間違えるとさらに毒を摂りこんで死期を早めることになる」

カシムラは信じられない思いでいた。すべての出口が封鎖されたヤクザの根城の中枢で、武装した五〇人の組員に追われながら、オースチンは形勢を逆転していたのだ。

「銃を床に置いてこっちに滑らせろ」とオースチンは要求した。

カシムラは首を振った。何か手があるはずだ。

オースチンは腕時計に目をやった。「あまり待たせると手遅れになるぞ」

カシムラは抑えようにも抑えきれない恐怖に取り憑《つ》かれていた。いまや心臓は早鐘を打ち、顔は汗にまみれている。彼は上着の袖で顔を拭うと銃を床に置き、オースチンのほうに蹴った。「どうすればいい？　警備を解くか？」

オースチンは銃を拾った。「そんなことをしたら思い切り怪しまれる」

「じゃあどうする？」

「まずはあんたの電話を預かる」とオースチンは言った。「自分のを取りあげられてしまったんでね。それから、こっちの友人をリングから下ろすのを手伝ってもらおうか。昔ながらの方法で。手を使うんだ」

22

ホーンが鳴って第四ラウンドがはじまった。相手は戦術を切り換えていた。前に出て必殺の一撃を放とうするのはやめて、後ろに控えてザバーラが動くのを待つようになった。疲れてきたのかもしれない。あるいは、ザバーラの回避能力に対抗する作戦なのだろうか。

ザバーラは敵の目を見た。大男はザバーラを誘いこもうと手招きした。ザバーラはかぶりを振った。さらに大男は挑発するように残った杖を振りまわした。それでもザバーラが吊られることはなく、闘いは膠着《こうちゃく》状態に陥った。

おたがいに回りこむばかりで攻めに出ない両者に向かって、観客が口笛を吹きはじめた。ほどなく煽《あお》るような合唱が起きた。言葉が通じないザバーラにも、その激しさが増していくのがわかった。

すると足もとの床が動きだした。それも水平方向ではなく垂直方向に。円形のリングの外周部が、床板ごと油圧式のジャッキに押しあげられていった。中央の狭い一画だけが平らのまま残っていたが、それこそが狙いだった。動きまわる余地がある円形の闘技場は、闘士に接近戦を強いる漏斗《ろうと》形のものに変わろうとしていた。

この変化にほくそ笑んだ大男は、落ち着いた足取りで漏斗の底に下っていった。床の傾斜が徐々にきつくなっていくなかで、ザバーラはその場を動くまいとしゃがみこんだ。姿勢を低くして重心を落とし、手を床についてどうにかバランスを保とうとした。が、傾斜が四五度を超えると足が滑りだした。

いまや狂乱したようなシュプレヒコールがくりかえされていた。観客は床を滑り落ちたザバーラが、巨人の腕のなかに転がりこんでいく瞬間を待ちこがれていた。長くは保《も》たないことはザバーラ本人もわかっていた。彼をその場に留めている摩擦力が、いつ重力に負けてもおかしくないのだ。

じっとこらえて避けがたい結末を先延ばしにする努力をやめると、ザバーラは跳ねるようにして走りだした。まっすぐ敵に向かうのではなく、漏斗状の壁を斜めに駆け降りていった。バンクで加速するレーシングカーの要領で、勢いをつけて曲線状に反対側の斜面を駆けのぼった。

大男の出した足払いを跳び越えてかわし、すれ違いざまに相手の巨大な後頭部を一撃した。

重く鈍い音とともに大男が倒れたとき、ザバーラは傾斜したプラットフォームの反対側を駆けあがっていた。さらにもう一発、高速の攻撃を仕掛けようとした瞬間、底が抜けた。文字どおりに。

圧縮空気の抜ける音が真相を物語っていたが、ザバーラが耳にしたときには手遅れだった。太いバルブが開かれて圧力が下がると、支持されていた床板が元の位置に落下して、ザバーラは固い地面に叩きつけられた。

ザバーラは朦朧として床を転がった。「フェアじゃないぞ」

見あげると敵が突進してきていた。筋肉標本のようなその男は、ザバーラの手にあった杖をつかんで引き抜くや否や、ザバーラに向けて渾身《こんしん》の力をこめて振った。

ザバーラは身を縮めた。ボクサーの直感に従って左腕で頭をガードした。杖は上腕二頭筋と前腕に当たり、側頭部をかすめた。

脚がゼリーになったようだった。頭の声が、立って逃げろと告げていたが、それは耳鳴りに掻き消された。

四つん這いになろうとして、脇から転がって大の字に倒れた。倒れたまま天井を仰いだ。カウントするレフェリーはおらず、頭上に眩《まぶ》しい照明が見えるばかりだった。

正方形の白熱光の中心にはなぜか暗い部分があった。

立ちはだかった大男につかの間、光がさえぎられた。だがそこでホーンが鳴り、大男はとどめを刺すことなく退いた。

「騎士道精神は死せず」とザバーラはつぶやいていた。

横たわったままで脚の感覚がもどるのを待っていると、上から何かが落ちてきた。最初は妄想かと思ったが、それは傍らの床で弾んで円を描きながら転がり、脇腹に当たった。

持ち前の好奇心に突き動かされ、垂木から落ちてきたものを確かめようと横を向いた。指でつまんで床から拾いあげてみると、それは中心に穴があいた真鍮の色合いの五円玉――幸運の硬貨だった。

ザバーラの気分は昂揚《こうよう》した。垂木に目をもどすと頭上の照明が消えた。

23

「ロープを投げてくれ」とオースチンは言った。

オースチンとアキコ、そしてカシムラは照明の間に渡されたキャットウォーク上にいた。アキコの手には、キャットウォークに物を固定するために使われていた長いナイロン製のロープがあった。アキコはその一端を通路の脇からまっすぐ下に落とした。ロープは闇のなかでリングの床に当たった。

「見えているといいんだけど」とアキコが言った。「最後の一撃で意識が落ちているかもしれない」

「ダイアモンドより硬いものがあるとしたら、そいつはジョーの頭だ」とオースチンはアキコに言った。「あいつは大丈夫」

ザバーラはコインをつかんで天井を見あげた。その時点で、オースチンにはザバーラが事情を汲《く》んだことがわかったのだ。

「あいつを引き揚げたら解毒剤をよこせよ」カシムラが不安そうな声で訴えた。

「われわれがここを出るまで待つんだな」とオースチンは答えた。

ピンと張られたロープが二度引かれた。準備ができたという合図だった。

「よし」とオースチンは言った。「引け」三人はロープを引きはじめた。ヨットのクルーばりの一糸乱れぬストロークでロープが手繰《たぐ》られ、ザバーラは床から持ちあがった。だが照明の並ぶ位置までは距離があり、しかもザバーラの体重は二〇〇ポンド近い。

途中でカシムラが手を止め、がっくり膝をついて胸を押さえた。熱のせいで汗をかいていた。「解毒剤をくれ」

「ロープにもどれ」オースチンは怒鳴った。

「薬をもらうまでやらない」

オースチンにできることは限られていた。カシムラの協力がなければ重みはぐっと増す。そこでオースチンが手を離せば、アキコひとりでは支えきれなくなる。「ここまで引き揚げたら渡す。早く引け」

カシムラは動きの取れないオースチンに体当たりすると、錠剤を探してポケットに手を突っ込んできた。その勢いに、ふたりは手すりを越えそうになった。オースチンは滑ったロープをつかみなおしたが、すでにサバーラは数フィート落下していた。

「解毒剤をよこせ！」とカシムラがわめいた。

オースチンはそれに応じることなく、カシムラを押しやるとロープの一端を彼に巻きつけ、手すりのむこうに突き飛ばした。大柄なヤクザはとくに敏捷《びんしょう》というわけでもなかったが、必死になって片足を手すりに引っかけた。転落を免れたカシムラとザバーラの間でバランスが保たれた。

オースチンはオレンジ色の錠剤を出した。「これがご所望の薬だ」

「たのむ」

「先にひとつ質問だ。〈牛鬼〉は誰に雇われた？」

「えっ？」

オースチンは錠剤を闇のなかに投げる格好をした。

「待ってくれ」カシムラは哀願した。「ハンだ」

「ハンとは？」

「ウォルター・ハン」

「ヤクザか？」

「ちがう」とカシムラは言った。「中国人の実業家。大富豪だ」

もはや時間は残っていなかったが、オースチンはあえて追及した。「実業家が殺し屋を雇う理由は？」

「知ったことか」

オースチンはロープをすこし繰り出した。

「嘘じゃない」カシムラは叫んだ。「早く薬をくれ」

下では警備の人間が、懐中電灯の光をたよりに照明が落ちた原因を調べていた。質問は時間切れとなった。オースチンは錠剤を脇から落とした。「薬はアリーナを探してくれ。良い旅を」

そう告げると、彼は手すりに掛かっていたカシムラの足をはたいた。ロープを巻きつけたヤクザの大きな身体は、ザバーラの体重とバランスを取りながらゆっくり下降していった。鈍い音とともに床まで落ちると、カシムラはさっそくロープを解いてオレンジ色の錠剤を探しはじめた。

オースチンとアキコは、ザバーラが手すりを乗り越えるのに手を貸した。

「引き揚げに感謝する」とザバーラは言った。「誰かが反対側を落ちていくのを見たけど、あれは幻覚かな？」

「不要な荷物を投棄しただけさ」とオースチンは言った。

「お荷物だけど、ここを出る切符でもあるわ」とアキコが言った。

ザバーラはアキコを見て目を白黒させた。「アキコか？　おれはあの野郎に、思いのほかひどく殴られたらしい」

「説明はあとだ」とオースチンは言った。「まずは注意をそらさないと。その消火器を取ってくれ」

アキコは赤く塗られたタンクを持ちあげてオースチンに渡した。粉末消火器だった。オースチンはコッタピンを抜き、噴射レバーを押しこんでから放り投げた。消火器は薬剤の白い霧をたなびかせながらスローモーションのように落下して、爆弾よろしくアリーナの床に当たった。

「火事よ！」アキコが日本語で叫んだ。「火事よ！」

懐中電灯の光が広がる霧を捉えた。暗がりのなかで、それは煙に見えた。恐怖でパニックを起こした観客が四方八方に駆けだした。

「行くぞ」とオースチンは言った。

三人はキャットウォークを進み、奥の壁にある扉を抜けた。その先はメンテナンス用のトンネルになっていた。Y字型の分岐を右へ向かうとまた扉があり、そこを押しあけて夜気のなかに出た。

すでに背後から光が追ってきていた。人々はドアというドアに殺到し、何台もの車が正門をめざしていた。

「車に乗ってきてないのか?」とオースチンはアキコに訊ねた。「ケンゾウが蒐集したクラシックカーに?」

「ないわ」とアキコが答えた。「でも盗めばいい」

オースチンは正門のほうを見やった。ひどい騒ぎになっていた。警備員が出て、車寄せはごった返している。

「リスクは冒せない」とオースチンは言った。「敷地を出る車はすべて調べられる。別れの挨拶抜きで失礼するしかない。ついてきてくれ」

三人はオースチンの先導で建物を離れ、庭園の暗がりのなかに出た。

「監視カメラがあるかもしれないぞ」とザバーラが言った。

「詰所に残ってモニターを眺めてる警備員はいない」とオースチンは答えた。「でも、一刻も早くフェンスを乗り越えないと」

「そのあとは?」とアキコが訊いた。

「旗を振って通りかかった車を止める——できれば天井が高い高級車を」

「ベントレーがいいね」とザバーラが言った。

オースチンは闇のなかで微笑した。「おれもそう思ってた」

三人は庭を横切り、高さ一二フィートのフェンスの下まで行った。オースチンはカシムラから奪った電話を手に、記憶にある番号にかけて応答を待った。

ナガノが出たとたん、オースチンはしゃべりだした。「カートだ。敷地の西側、連絡道路付近のフェンス際にいる。迎えにきてもらえるかな？」

「こっちは路上にいる」とナガノが言った。「車が列をなしてる。何があった？」

「来てくれたら話す。だが急いでくれ。コイの餌にされてしまう」

電話越しに、吹けあがるベントレーのエンジン音が聞こえてきた。心地よいサウンドだった。

オースチンは電話をポケットにもどし、鋳鉄《ちゅうてつ》製のフェンスに手を伸ばした。

「さわるな！」とザバーラが叫んだ。

その声に振りかえると、ザバーラが中空の横棒に仕込まれた複数のワイアを指さしている。「通電してるのか？」

「らしいね」とザバーラが答えた。「二本めはセンサーにつながってるかもしれない。どっちにしても、フェンスにふれると居場所を知られる」

オースチンは本館を顧みた。犬の吠《ほ》える声がして、地面に懐中電灯の光が躍っていた。「いずれ居場所は知れる。ショートさせられるか？」

ザバーラは弱点を探っていた。「そんな設定にはなってない」

「追っ手が来るわ」とアキコが言った。

ナガノも来ていた。連絡道路のはるか先で、小道にはいろうとする一対のヘッドライトが見えた。三人のもとへ急ぐベントレーの大容量エンジンの唸りが聞こえた。オースチンはもう一度電話をかけた。

「電気フェンスに阻まれてる。ここを出るには、そっちが頼みの綱だ。フェンスの基礎は煉瓦だ。そこに突っ込んで、ぼくらが這って出られる穴をあけてくれ」

ベントレーとともに、犬と警備員たちも接近してきた。

「見えた」とナガノが言った。「下がってろ」

オースチンが、ザバーラとアキコにフェンスから離れろと合図する一方、ベントレーは減速して大きく旋回し、バリケードに車首を向けてふたたび加速した。

車は三トンの大槌《おおつち》よろしくバリケードに突っ込むと鋳鉄製の柵をねじ曲げ、問題の煉瓦造りの基礎に二フィートの穴を穿った。

ベントレーのハイビームに照らされて土埃《つちぼこり》が舞いあがった。警備員の懐中電灯の光が三人に集まり、犬が放たれた。犬の群れは吠えたてながら走りだした。

「行け！」オースチンは叫んだ。

ナガノがベントレーを後退させた。ザバーラが散らばる煉瓦を押しのけながら這いつくばって穴を抜けると、アキコがつづき、その直後からオースチンも穴に飛び込んだ。

オースチンが立ちあがったとき、ザバーラとアキコは車に乗ろうとしていた。犬の群れが斜面を駆け降りてきた。

全力疾走したオースチンが助手席のドアをあけたとき、犬の群れはフェンスに達して潜ろうとしていた。オースチンは車に飛び乗り、剝き出された牙《きば》を間近に見ながらドアをしめた。

「出してくれ！」

ナガノはすでにアクセルを踏みこんでいた。ベントレーは砂利の上でタイヤを空転させ、土煙を上げて警備員と騒ぐ犬たちを置き去りにした。

「この道が一方通行じゃないことを願うよ」とザバーラが言った。

「心配するな」とナガノが応じた。「この先は国道だ。問題ない」

オースチンは背を伸ばし、色付きガラスのはいったリアウィンドウを透かし見た。

「誰か追ってくるやつは？」

「見当たらない」ナガノがルームミラーを覗いて言った。

ザバーラとアキコが身を起こし、その視界をさえぎった。

「しかし不思議なこともあるもんだ」とナガノは言った。「たしか盛装した男をふたり送り届けたはずなのに、拾ったのが三人で、しかもひとりは道着姿だ。まさかこの騒ぎは、きみたちのどちらかが間違った女性にキスしたからじゃないだろうな」

「今回はちがうよ」とザバーラが言った。

オースチンがそこに割ってはいった。「警視、アキコを紹介させてくれ。アキコ、こちらは日本の警察のナガノ警視だ。たしか、きみのことを捜していた」

アキコは顔を曇らせたが何も言わなかった。ナガノも黙っていたが、やがて穏やかに笑いだした。「さぞ楽しい夜だったんだろうね」

「そうなんだ」とオースチンは言った。「一〇〇〇万円も勝って、美人に出会って、親友の命を救ったと思ったら、武装した犬連れに追いかけられるなんてめったにあることじゃない」

「真に受けちゃ駄目だ」とザバーラが言った。「その手の話は、このあたりじゃ日常茶飯事なんだから」

アキコはザバーラとオースチンを見較べた。その口もとがほころんで、柔らかな笑い声が洩れた。それはオースチンが初めて見るアキコの明るい表情だった。「忘れないで」とアキコは言い添えた。「ヤクザの幹部に毒を盛ったことも」

「すごいな」とザバーラが言った。「これでわれわれの寿命も延びるぞ」

「実際に毒を盛ったわけじゃない」とオースチンは言った。「ロッカールームでカフェインの錠剤の瓶を見つけてね。一日一〇時間、立ちっぱなしでいなきゃならないような連中が使う刺激剤だ。アキコはそれを五粒砕いて男のスコッチに溶かした。心臓が破裂するような気がしたのは、カフェインの作用と思い込みだ」

「しかし、むこうは復讐を狙ってくるかもしれないぞ」とナガノが警告した。

「それはないな」とオースチンは言った。「そんなことをしたら、われわれの逃亡に手を貸したことがそこらじゅうに知れ渡る」

オースチンの横でナガノはうなずいた。「この車の修理代金のことを考えると、ヤクザの鼻を明かす程度じゃこっちの気も収まらないが」

そこでオースチンは真顔になった。「あの襲撃に金を出した人物がわかった。ハンという中国人実業家だ」

ナガノはオースチンを横目で見た。「ウォルター・ハン?」その名を口にする警視の声が、普段より半オクターブも下がった。「いやいや。それはきみの誤解だ」

「たしかにそう聞いたんだ」とオースチンは言った。「〈牛鬼〉にケンゾウの城を襲わせたのはハンだって」

「そんなわけがない」ナガノは譲らなかった。

「なぜ?」とザバーラが訊ねた。「そいつは誰なんだ?」

「ハンはハイテク業界の大物だ」とナガノは言った。「航空機の部品や機械をつくる企業の経営者で、日本や中国の工場に最新鋭のロボットシステムを販売している。日中両国は何世紀にもわたるわだかまりを棄てて、協力しあうべきだと熱心に訴えてもいる。世界各国の首相や大統領と席を共にする人物が、ヤクザとの付き合いはないだろう」

「じゃあ、あのヤクザのボスはどうしてその名前を出した?」とオースチンは訊ねた。

「出任せだ。口をついて出たんだ」

「とっさに出たにしては変わった名前だな」とザバーラが言った。「半分が西洋人、半分が中国人なんて」

「ハンは最近ニュースになってる」とナガノは言った。「先日は国の晩餐《ばんさん》会に出席した。今週、長崎に出来た新しい生産拠点が稼働する。彼は現地で日中間の協力協定に調印することになってる」

「テレビで見たウォルター・ハンの名前を口にしたわけか」

「おそらくは」

オースチンはしばし考えこむと首を振った。「その説は買えないな。極限状態ではおかしなことが起きる。人の心は最も原始的な欲求――生き延びたいという欲求に立ちもどる。あのときカシムラが窮地にあったことを思うと、自分の身を守りたい一心だったはずなんだ」

ナガノはふたたび沈黙し、やがて口を開いた。「なるほど、きみの言うとおりだとしたら、そいつは非常に悪い知らせだ。われわれの捜査は打ち切りになる」

「なぜ？」とザバーラが訊いた。

「ハンは私の手には負えない」と警視は言った。「二重国籍の持ち主で、きわめて高い地位にある友人がいる。しかも財力に物を言わせて、非公式の外交特権を手にしている。私が捜査に乗り出しても埒が明かない。上から中止を言われて、こっちは山間《やまあい》の見棄てられた駐在所に飛ばされて警備をやらされる」

「つまり彼は手出しできない人物なのか」とオースチンは言った。

苦々しい表情を浮かべるナガノの顔に固い決意が覗いた。「そういうことだ」

「もし〈牛鬼〉がその彼を売るとしたら？」とザバーラが言った。「ヤクザのふたりがハンに関わってるとなったら、あんたの上司も捜査しないわけにいかなくなるんじゃないか」

「たぶん」とナガノは言った。「しかし、それには振り出しにもどって〈牛鬼〉の行方を捜さなきゃならない。相変わらず、どこを捜していいかもわからないんだ。こんな騒ぎがあって、やつはあっという間に姿を消したはずだしな」

「あんたの追跡ネットワークを作動させればそうでもない。なぜって、やつは例のコインを持ち歩いてるんだから」

全員の視線がザバーラに注がれた。

「こっちはカートがトランプで遊んでるあいだに、ちゃんと仕事をしてたんだ」

オースチンは眉を吊りあげた。「おれの記憶だと、おまえは運命のリングで死闘を演じてた。だから救援に向かったんだ」

「ああ、そのとおり」とザバーラは言った。「でも、どうしてあそこに連れていかれたと思う？」

「誰かに気づかれたんだろう」

「誰かに」とザバーラは返した。「〈牛鬼〉にね。認めたくもないけど、やつに飛びかかられたんだ。ただし、挨拶代わりに気管切開を狙ってきたやつを跳ね返したときに、いまが荷札をつける絶好のチャンスだって気がついてね。揉みあってる最中に、やつのポケットにコインを滑りこませた。やつが願い事を唱えて井戸に放ってなければ、問題なく追跡できるはずだよ」

オースチンは友人に向かってお辞儀で敬意を表した。「こちらの誤りを認める。深く感銘を受けた」

「私もだ」とナガノが言った。

「やつを引っぱるなら、ぼくらも協力をする」とオースチンは申し出た。

「いや、きみたちはもう充分にやってくれた。とにかく〈牛鬼〉は危険だ。今夜みたいに、きみたちの命を危険にさらすことはできない。それは部下にやらせる。〈牛鬼〉を追跡して、すみやかに逮捕する」

「わかった」とオースチンは言った。「そっちはそっちの、こっちはこっちの立場がある。ぼくらはミスター・ハンの動向に探りを入れるが、そこは止めずにいてもらいたいな」

ナガノは首を振った。「お話ししたように、ハンは長崎で見つかる。明後日、海沿いの施設の落成式でスピーチをすることになってる。気をつけろ。少なくとも数カ国に大物の友人を持つ有力者だ。だが〈牛鬼〉を雇った本人だとするなら、ハンは私の想像以上に危険な存在ってことになる」

24

東シナ海
大阪発、上海行きフェリー

ガメー・トラウトは大阪発、上海行きフェリーのメインデッキ上の狭いホールを、乗客や通路に積まれた荷物などをかわして歩いた。比較的短い船旅――どちらかといえば貧しい乗客――のせいか、キャビンは複数のグループでシェアされていた。カリブ海の標準的なクルーズ船なら二名がせいぜいの一室を、六名ないし八名で利用しているところもあった。

この朝のホールは灰色の空と氷雨《ひさめ》のせいもあり、新鮮な空気を吸いに上甲板《かんぱん》に出るのをためらう人々でとくに混雑していた。

キャビンにもどると、ポールが、その体格にはどう見ても小さすぎる机の前に座っ

ていた。「いま

ポールは海図の上に覆いかぶさるようにして、現在の位置を確認していた。「いま

どこにいるかはわかったけど、きみがどこに行ったのかが気になってね」

「記憶を頼りにもどってきた」とガメーは言った。「英語の表示がどこにもないわ」

ガメーは温かい液体がはいったカップを差し出した。

「コーヒー？」

「緑茶」とガメーは答えた。「それしかなかったの」

ポールはがっかりした顔でカップを受け取った。

「身体にいいのよ」

ポールはうなずいた。「上はどんな様子だい？」

「デッキには誰もいない。外は寒すぎて悲惨ね」

「ぼくらには好都合だ。目標海域からわずか数マイル、思いのほか近くまで来てる。そろそろ〈レモラ〉を起こして、全システムが正常に作動するか確かめないと」

「やるわ」

ガメーは座ってラップトップ・コンピュータの電源を入れ、ポールはキャビンの窓をあけた。冷たい外気が流れこみ、室内の空気が一新された。

「潮風があるのにコーヒーを欲しがる人なんている?」とガメーは言った。

「たとえば、ぼくだ」ポールは窓辺に立ち、荷物のなかからきつく巻かれたケーブルの束を取り出した。そしてその一端に防水型のトランスミッターを取り付け、あけ放たれた窓のむこうに送り出していった。トランスミッターは風に揺れながら、舷側を伝って海面に達した。

「トランスミッターが海にはいった。窓の外を眺めて、船外に垂れてるこの黒いワイアを怪しく思う人間が出てこないことを祈るばかりだ」

「そこは心配していないけど」とガメーは言った。「この船の乗客はひとり残らずホールに集まってるみたいだし。送信準備完了」

「異常なし」

ガメーはキーボードを叩いて〈レモラ〉に信号を送った。電源を入れる指令である。ややあって〈レモラ〉から信号が届き、コンピュータに遠隔操作用のコマンドを入力する画面が出た。まるでビデオゲームのごとく、画面の下方にバーチャルの制御装置とダイアルが、上方にカメラが捉えたROV前方の景色が表れた。右側に並ぶインジケーターには、磁力計をはじめ各種センサーの計測値が表示されていた。

「システムはすべて正常。船体から切り離すわ」

ボタンを押すと同時に〈レモラ〉をフェリーの船殻に貼り付けていた電磁石が切れて、ROVは右に向かって潜行すると、回転するスクリューから遠ざかっていった。〈レモラ〉が船の航跡から離脱するまで、画面には渦巻く伴流が映し出されていた。

「新しい針路は?」とガメーが訊いた。

「目標エリアはわれわれのほぼ真南」ポールは海図に目を落として言った。「方位一九〇にセット」

ガメーは針路を打ち込んで潜行角度を調節すると、あとは〈レモラ〉に任せた。目標海域までは三マイル。所要時間はおよそ二〇分。「バッテリーが充電されてるといいけど」

ポールはにやりとした。「空港で受け取ったとき、まず最初にチェックしたよ」

潜水艇が暗闇を進む間はとくにやることもなく、ガメーは計器の数値に目を通していった。すると奇妙なことに気づいた。

「これを見て」

ポールが身を寄せてきた。「何だい、これは?」

「速度設定によると、〈レモラ〉は水中を一一ノットで移動してる。でも位置マーカーによると七ノットがせいぜい。海流に逆行してるわ」

「そんなはずはない」ポールは海図を見ながら言った。「現在地と季節からして、海流はわれわれに味方して〈レモラ〉を南へ押してるはずだ」

「たぶん。でも、海中で四ノットの向かい風が吹いているような状況よ」

「それはここ四時間ほど、フェリーが航路の南側じゃなく北側を進んでいたことの説明になるかもしれない。海底の様子はまだわからない?」

ガメーは別のキーを叩いた。〈レモラ〉の下に広がる海底の画像が表れた。「パンケーキみたいに平らよ」

「ぼくの山脈説は見事にはずれたな」

「目標域までは、まだ何マイルかある」

ポールは首を振った。「新たな山脈が育っているなら、周囲の堆積《たいせき》層に尾根や褶曲《しゅうきょく》が見える。それに、ゆるやかな上り斜面が目につくはずなんだ」

ガメーは、ポールが説明した地形の兆候を示す数値を探したが、標高の変化を示すものは見つからなかった。「振り出しにもどるまえに、最後まで付きあいましょう」

「ほかにやれることもないしね」とポールは言った。

ガメーは椅子に座りなおしてお茶のカップを手にすると、片手でキーボードを叩きながら、仮想地形、水温、塩分濃度といった数多くの測定値をけだるそうに目で追った。コンピュータは情報を一連の表やグラフにまとめていたが、そのデータは理解しがたいものだった。

「計器に問題があるみたい」ガメーはそう言ってお茶のカップを置いた。

「どういうことだ？」

「水温プロフィールを見ていくと、〈レモラ〉が深く潜るにつれて温度が上昇してる」

ポールはガメーの背後から画面を覗いた。「水温躍層は通過した？」

「いいえ」とガメーは答えた。「急激な変化はなくて、七〇フィートごとに約一度ずつ、ゆっくり着実に上がってる。つまり境界層じゃなく連続混合ってことね」

「塩分濃度は？」

ガメーがキーを叩くと、別のセンサーの計測値が表示された。「水温プロフィール以上にめちゃくちゃよ。これだと降下するにつれて塩分濃度が低下してる」

「そんなはずがない。センサー・プローブで診断してくれないか？」

ガメーはセンサーの問題を診断できるほどこのＲＯＶに精通していなかったし、まして遠隔操作での修理となるとお手上げだった。「ジョーがいてくれればね。わたしは初歩の操縦法しか習ってないから」

「もどしてみよう」とポールは提案した。「ここまでじゃなく、一〇〇フィートぐらい」

「それでどうにかなる？」

「センサーが壊れていれば水温は上昇をつづける。でも正常に動いていながら水温プロフィールが反転するとすれば、水温はまた下がっていくはずだ」

「ずるいやり方ね。好きだけど」

ガメーは潜行角度を変えてＲＯＶを浮上させた。「水温は下降、塩分濃度は上昇。センサーはちゃんと働いてる。で、つぎは？」

「針路を回復してくれ」

満足しながらも混乱したまま、ガメーは潜行プロフィールを調整して、〈レモラ〉をふたたび海の深みへと向かわせた。そして水深五〇〇フィートに達すると艇を水平に保ち、海底を近距離から精査するにあたって、まずは広範囲にマッピングできるようにした。

「まだ平らね」

「驚いた」とポールは言った。「ドライクリーニングに出したシャツだって、こんなに滑らかじゃない」

「つまり山脈はないと。でも水温と塩分濃度のデータは理屈に逆らってる。ご意見は？」

「いまのところはなにも」ポールは海図を見た。「ケンゾウの言ってた震源に近づいてる。針路を西へ変更」

針路を修正すると測定値に変化が生じた。「新しいものを拾ってるけど」

「尾根とか丘陵とか？」ポールは期待をこめて訊ねた。

「おあいにくさま、窪みよ。峡谷みたいな」

海図によると、そのあたりは起伏のない平原だった。だが海底から跳ねかえってくる〈レモラ〉のソナーは、深いV字形の溝の存在を示唆していた。矢を思わせるV字の先端は上海を指している。「裂け目を見にいこう」

ガメーはすでに針路を変え、潜水艇を溝に向かわせていた。

「温度は上がりつづけてるし、塩分濃度は下がりつづけてる」

すべて理論に反していた。温度が低く塩分濃度が高い水は、温かい真水に較べて密度が大きい。そういう水は世界の海の底へと沈んで、高い山並みの間を流れる氷河さながら水中の峡谷に落ちていく。

どこの海底にも冷たい水が溜まり、塩分の濃い水の流れがある。海洋学者がそれを川とみなすのは、海のほかの水と混ざることを拒んで地表を這っているからである。

〈レモラ〉が峡谷にはいると、ガメーはライトを点灯させた。カメラの前を堆積物が雪のように舞っていた。

「水深一〇〇〇フィート」

「〈レモラ〉はどこまで潜れる?」

「三〇〇〇フィート」とガメーは答えた。「でもジョーの設計だから、その倍は行けるはず」

ソナーの値から、峡谷の幅がしだいに狭まっていくのがわかった。

「谷底を感知したわ。最後まで行ってみる?」

「乗りかかった船だ。このまま行こう」

ガメーは〈レモラ〉の新針路を設定した。「いまは本格的に流れに逆らってる。深度を保つにはスラスターの角度を五度下げないと」

「峡谷から流れが噴き出してるってことかな?」

ガメーはうなずいた。「まるで別世界にはいったみたい」

ポールは、ソナーがスキャンした物体を指さした。「これは?」

ガメーは谷底にある奇妙な突起に艇首を向けた。〈レモラ〉は風に逆らって飛ぶ鳥のように、標的に近づこうと奮闘していた。接近するにつれ、物体が円錐《えんすい》形をしていることがわかってきた。その頭上を横切ろうとして、〈レモラ〉は激しく横に流された。

旋回させて針路をもどそうとしたそのとき、スキャン画像にもうひとつ別の円錐形の突起が映し出された。さらにもうひとつ。

「何かしら？」とガメーは訊いた。

「わかった気がするけど」とポールは言った。「そのまま行ってくれ」

しだいに広がっていく峡谷をジグザグに進んでいくと、そこには何十という数の円錐が突出していた。

「あのどれかに近づいてみるわ」

〈レモラ〉は全出力運転で円錐に近づいていった。カメラがその先端に焦点を合わせた。円錐から少量の澱《おり》のような物体が噴出し、それが火山灰のごとく海面に向かって流れている。

「海中の間欠泉だ」とポールが言った。「水を噴き出してる」

「地熱で？」

「そのはずだ」

「真上まで行ってみましょう」とガメーは言った。「それで水の噴出量がわかるし、直接サンプルが採れるから」

「すばらしいアイディアだ」

円錐の頂上まで浮上した〈レモラ〉は、たちまち噴出する水流につかまった。真夏の暑い日に風に舞う紙切れさながら、ＲＯＶは激しく翻弄《ほんろう》され、画像が回転した。

ガメーは噴きあがる水柱から潜水艇を遠ざけ、制御できる状態にもどした。「噴水の温度は一〇〇度近い」ガメーはデータを確かめながら言った。「塩分濃度はゼロ」

ポールは椅子の背に凭《よ》って頭を掻いた。「こんなの見たことがないぞ」

「大西洋中央海嶺のブラックスモーカーは？」

「同じじゃない。あそこは硫黄《いおう》をはじめ、ありとあらゆる危険な化学物質をふくむ有毒な泥を吐き出してる。基本的に火山性の煤煙《ばいえん》だよ。化学成分のプロフィールを見ると、こっちの水は冷やせばそのまま壜《びん》詰《づ》めできそうじゃないか」

「冷やさなければコーヒーを淹《い》れられる」とガメーはジョークで応じた。

「そういうことさ。見えた範囲で、円錐は何個あった？」

「最低でも五〇」

「まだあるか確かめよう」

ガメーは再度〈レモラ〉の向きを変え、さらに二〇分間峡谷を走らせた。円錐は優に一〇〇を超えていた。際限がないようだった。

「鉄源を感知してる」ガメーは磁力計の値を見て言った。「でも、信号が消えかけてる」

「そこまで行くんだ。そろそろ通信距離の限界だ。まもなくROVを失う」

ガメーはあらためて針路を調整したが、画素が抜けてディスプレイ上の映像が乱れだし、通信は途切れがちになった。画面がいったんフリーズして、また元にもどった。

「持ちこたえてくれ」

「海底が見えてきたわ」

画像はまたフリーズしたが、〈レモラ〉が堆積物の山に衝突すると復活した。

「海底にぶつかったぞ」とポールが言った。

ガメーはすでに制御にかかっていた。「外野は口をはさまないで」

その衝撃で画面はブラックアウトしたが、気を揉む数瞬を経《へ》て接続は復旧した。画像がもどると、カメラが絡まりあった金属の残骸に焦点を合わせた。

「あの下に何か別のものがありそうだ」とポールが言った。

「わたしには構造物に見えるけど」とガメーは言った。ねじれた鋼板とパイプがはっきり確認できた。その正体はともかく、いまは半ば埋もれていた。

ガメーは照明を調節すると、向きを変えたカメラをズームしていった。ちらつく画像のなかで、新たな光景が現われた。「あれは腕よ」

白く見えるものが、カメラとは反対の方向に伸ばされていた。色のない、漂白された肉のようだった。が、その形は完璧にすぎる感じで、滑らかな表面が〈レモラ〉からの光を反射していた。腕の先には手と機械の指が取り付けられている。

「面白い」

ホバリングするROVのスラスターが、ゆるい堆積物を払いのけていった。シルトの下からまず肩が、つづいて顔が現われた。画面に、非の打ちどころのない形をもつ磁器のように白い顔がいっぱいに映し出された。あたかも発掘されたアテナ像のように。

「彼女、美しいな」とポールが言った。

「機械よ」とガメーは答えた。

「機械でも、美しいものは美しい」

ガメーはうなずいた。多くの場合、それが真実であっても、この状況では心乱される感じがした。美しい機械は妙に人間らしかった。動いていないのに生きているかに見えた。悲しみをたたえるその顔のなかで、開いた目が来ることのない助けを待つかのように海面を見あげていた。

その画像が記録されたのを最後に、信号は途絶した。

25

北京

ウェン・リーは、慎重な足取りで天安門広場を横切っていた。地面は初雪に覆われていた。雪は空を灰色に塗りこめ、毛沢東の墓所を守る兵士の毛皮の帽子と暗緑色の外套《がいとう》に斑点《はんてん》を付けている。

彼は笑顔で兵士の前を通りすぎた。昔から、兵士は破壊者を近づけまいとしているのか、毛主席の亡霊を閉じこめておこうとしているのかもわからない、という笑い話がある。

むろん後者に決まっている。毛沢東と真の共産主義は過去のものだった。中国は過去から脱却し、資本主義の熱源となった。それが現在であり、そしてウェンの目には帝国が未来と映っていた。

国家権力に歯止めをかけようとしたひとりの抗議者が、毛沢東の戦車を止めたことで知られる場所を過ぎた。もはやその男の行動した証しは跡形もない。男がどこの誰なのか、いまも健在なのかを知る者はいない。その瞬間は人々の記憶のなかにだけ息づいている。

目的地である広場の西端には、重厚長大な建物があった。ウェンは幅広い階段を三段昇って大理石の柱の間を抜け、人民大会堂にはいった。

その巨堂は一〇〇〇フィート余の横幅と六〇〇フィートの奥行をもつ。円屋根が覆う面積は約二〇〇万平方フィートあり、アメリカの連邦議会議事堂や英国のウェストミンスター会堂、さらにはワシントンDCのモールに建つ巨大なスミソニアン博物館をもはるかにしのぐ広大さである。内部には、全国人民代表大会議事堂などという滑《こっ》稽《けい》な名前が付された大講堂がいくつか収まっている。また何百という事務所や会議室、作業場なども置かれていた。党にあてがわれたウェンの事務所は建物の南端にあった。廊下近づく歩哨は直立不動の姿勢を取り、ウェン・リーは無言で検問所を通った。廊下を突き当たりまで進むと、事務所の扉の外に旧友の姿があった。

「提督」ウェンは声をかけた。「これはまたわざわざお越しくださって」

「知らせを持ってきた」と提督は言った。「警告したいこともあってね」

ウェン・リーは党内に広い影響力を有していたが、中国の将来像については彼の意見に与しない者、目下の軌道で充分ではないかと考える者がいた。アメリカ帝国主義から制裁が掛かるのを避けたいのだ。

「警告？」ウェンは訊きかえした。「個人的に？　それとも？」

「両方だ」と提督は言った。「話はなかにはいってからだ」

ウェンはドアをあけた。ふたりは前室を抜け、奥の私室にはいった。そこは鉢植えが吊られ、古書が山とあり、古い簡素な家具を設えた温室だった。

ウェンは提督に張りぐるみの椅子をすすめると植物に目をやった。「温かいと植物によくない。葉が乾いてしまって。寒くてもだめだが」

「われわれ人間にも同じことが言える」と提督は応じた。「引き際を考えたことは？」

ウェンは如雨露《じょうろ》を置いた。「われわれに引退はない。この地位のまま死んでいく……どんな末路であれ」

「それは得てして大きな失策を犯した後にやってくる」提督はそう言って笑った。

ウェンはその冗談に付きあった。人民共和国では、大失策が終焉《しゅうえん》をもたらすのは職業ばかりではない。「私がそんな過失を犯したとでも言うのかね？」

「きみがウォルター・ハンと組んでいるとの噂がある。そしてわれわれは東シナ海で、きみの作戦に協力している」

「それが何か？　あれは実験だった。昨年終わった」

「ああ」と提督は言った。「で、きみの求めに応じて、私はあの領域の防衛に相当な資源を注ぎこんでいる。ところが、きみの部下があそこで何をしたかは知らないが、それが最も望ましくないかたちで注目を集めはじめた」

「何の話だ、提督？」

「まずは漁業の問題だ。一五億の人間が生命を維持するには大量の食糧が要る。わが国の漁船団は世界最大の規模を誇り、どこの海でもトロール網を曳《ひ》いているわけだが、東シナ海沿岸は長きにわたって良い漁場でありつづけてきた。それがいまはちがう。海きみが実験をはじめてからというもの、月の漁獲量が減少の一途をたどっている。海そのものが不毛になりつつある。漁船団を率いる連中が不満を叫んでる……声高にな」

「漁師に答えることはない」とウェン・リーは冷たく言った。「いずれにしろ、われわれの作戦がおこなわれたのは海底だ。深海採掘だからな。ご承知のとおり。水域の生態系に影響をあたえることはあり得ない。責めを負うべきは、おそらく上海とそこに一万もある工場から出た汚染物質であって、とうの昔に終わったわれわれの些細《ささい》ななぜだ？」

「では、私の艦艇が、きみの制限区域下で活動するアメリカの潜水艇を検知したのは
「知っているはずだ」

提督はその答えを予期していたようだった。「閉鎖したのか？」

作戦行動じゃない」

　ウェンは過剰に反応しそうになる自分を抑えた。「同じ質問をさせてもらおうか、提督。そういうことをさせないようにするのがきみの仕事だからな。それはいつ？」

「けさの早い時刻だ。すでに知られたアメリカの周波数で、暗号化された通信を傍受した。短距離用の通信だ。そのうえ、こちらのソナーブイで、短時間だが潜水艇の存在を検知した。位置を突きとめるまえに消えてしまったが」

　ウェンは怒りと同時に困惑を覚えていた。「アメリカの潜水艇はきみの防御網をどうやって突破した？」

「海軍の船ではなかった」と提督は言った。「特徴が小型の遠隔操作探査機のそれと合致している」

「だとすると水上艦からの発進か、もしくは航空機からの投下が必要だ。ではもう一度訊く。どうして防げなかったのか？」

提督は、己れの違法行為にたいする遠回しな非難を受け流した。「誓って言うがね、同志、わが国の海域に侵入したアメリカの航空機または船舶は皆無だ。にもかかわらず、ROVが検知された」

ウェンは深い溜息をついた。提督は友人だった。嘘を言うためだけにわざわざここに来たりはしない。仮に治安部隊が下手を打ってアメリカの侵入を許したのであれば、彼は自身の恥を隠すために報告書を燃やし、データを消しているだろう。「付近にアメリカの船はいなかったと言ったな？」

「皆無だ」

不意に答えが浮かんできた。旧友を責めるまえに気づくべきだったのだ。必要な手がかりは潜水艇――支援船舶の見えないところで活動していた小型潜水艇。つまり、隠遁《いんとん》していた地質学者に会おうと日本に飛んだNUMAの工作員たちの仕業にちがいない。

ウォルター・ハンは、宣言とは裏腹にアメリカ人の始末に失敗した。その尻拭いはウェン自身がやることになる。

ウェン・リーは話を打ち切る合図に立ちあがった。「ご足労をかけて感謝するよ、提督。あそこにアメリカ人が見つけられるものは何もない。私が保証する。とはいえ、領海侵犯については部下に調べさせて、しかるべき措置を講じることにしよう」

提督も席を立った。「気をつけろ、ウェン。この国はもう昔とはちがう。この二〇年で富が力を得て、ますます富が産み出された。もはや党は絶対的な存在ではない。ほかの声が同じかそれ以上の大きさを持つようになった。経済の成功の代償だ」

ウェンはその警告を肝に銘じた。巨万の富を築いた大物とそこに便乗する者は、経済の列車を脱線させることは望まない。心配は無用。この計画が結実すれば、列車は走りつづけるばかりか、その軌道もはるか彼方《かなた》まではっきり見通せるようになる。

そうなる、とウェン・リーは自分に言って聞かせた。だが、そのためにはまず脅威を排除しなければならない。

26

上海港

　ポールはフェリーのトップデッキに立ち、上海のスカイラインを見つめていた。美しい街だった。煌びやかなビルが建ち並び、高速鉄道、そして複数車線のハイウェイが走る近代的な大都市。街を散策するのが楽しみだった……上陸できればの話だが。

「足止めされる原因は何だと思う？」とガメーが訊いた。

　桟橋《さんばし》まで一マイルの港内で立ち往生するフェリーを尻目に、コンテナ船が続々と傍らを通過していった。水先案内人は二時間まえに乗船していたが、フェリーはその場を動かずにいる。

「ないよ」とポールは答えた。「エンジンは動いてる。整備クルーに動きはないし。単に順番を待たされてるだけかもしれない。上海港の混雑は世界一だから」

「たしかにそのとおりだけど。でも、これは普通の出来事じゃないって気がする」

そこはポールも同意せざるを得なかった。混雑したデッキでは、帰国する中国人船客のぼやきと控えめな会話が渦巻いていた。日本人のビジネスマンや海外からの観光客はあまり気にしていないようだった。

巡視艇が近づいてくると、デッキにいる乗客の目がそこに集まった。獰猛な外観を見せるその船は軍艦色に塗装され、複数の銃門とミサイルラックを装備していた。そのうえ軍旗を掲げている。

「港湾局の船じゃなさそう」とガメーは言った。「船内にもどって食べ物を確保しない？」

「いいね。キャビンに忘れ物をしてきたような気もするし」

バックパックを背負ったトラウト夫妻は、乗客の流れに逆らって船内にはいり、階段を降りた。キャビンがあるデッキに出ると通路を進んだ。

キャビンに近づいたあたりで、スピーカーからアナウンスが流れてきた。最初は中国語、つぎに日本語、英語とつづいた。「乗客は全員船室にもどってください。検査のため、パスポートと所持品の用意をしてください」

「これではっきりした」とポールは言った。「隠れるか、船を降りるしかない」

ポールはキャビンの鍵をあけて室内にはいった。

ガメーがつづいてドアを閉じた。「キャビンは最高の隠れ処《が》じゃなさそうだけど」

「ここは仮の宿だから」ポールは窓に寄って海を見おろした。「運がいい。巡視艇がいるのはフェリーの反対側だ。通信ケーブルを出して何かにしっかり縛りつけてくれ」

「泳いで逃げるつもり？」

「それは最後の手段さ。急ごう。あまり時間がない」

下甲板ではメインハッチの傍らに、フェリーの船長が緊張の面持ちで立っていた。船長は巡視艇に渡された道板が固定されるのを見守った。やがて武装した兵士二〇名につづき、数名の士官と平服の男ひとりが乗りこんできた。

停船の理由は知らされていなかったが、質問は無用と船長は心得ていた。命令にはすべて従ってきたし、知るかぎり船に密輸品はないという認識を押し通すしかないのだ。

兵士と士官の背後に、平服姿の――見栄えより着心地を重視したと思《おぼ》しき皺だらけのスーツを着た――年嵩の男がいた。男は手すりにつかまりながら、ゆっくり道板を渡ってきた。フェリーに乗りこんだ男に、兵士と士官は姿勢を正した。

「ウェン・リーだ」年長の男は船長に名乗った。「私のことはご存じか?」

船長の不安はますます募った。党の幹部が港に停泊中の古いフェリーに直々乗りこんでくるには、それなりの理由があるはずだ。船長は初めての哨戒に出る士官候補生さながら、直立不動の姿勢を取りつづけた。汗が髪を通して滴《したた》り落ちていった。「当船にお迎えできて光栄です、老師。なんなりとお申し付けを。本日、私は党のために何をいたしましょう?」

ウェン・リーは柔和な笑みを浮かべた。「くつろぎたまえ、船長。私の手の者がこの船の乗客二名と話をするまで、安全を維持してもらえればそれでいい」

ウェンは上着のポケットから折りたたまれた紙片を取り出し、船長に渡した。そこにはふたつの名前が――船長には耳馴れないヨーロッパかアメリカの名前があった。

船長は事務長を呼んだ。キャビンの番号はすぐに判明した。「私がご案内します」と船長は言い張った。

彼らはデッキを三層上がるとメインホールを船尾へ向かった。ぼんやり見とれていた乗客たちは、船長が武装した兵士を従えているのに気づいて道をあけた。

船長が背後を振りかえると、ついてきたのは部隊の三分の一だけだった。残りは船内に散らばって逃走経路を封鎖しているのだろう。

キャビンの番号を確かめながら足早に移動して、目的の扉の前にやってきた。「こちらです」船長は扉を指して脇に退いた。

うなずいたウェンが士官のひとりに合図した。兵士たちが前に出た。銃が抜かれ、警棒が握られた。ひとりがいったん下がってから突進した。すばやい足蹴りが扉の把手のすぐ横を捉えた。その一撃でちゃちな錠前は破壊され、扉が勢いよく開いた。兵士ふたりが警棒を手に突入した。

争いは起きなかった。絶望の叫びも命乞いもなかった。聞こえてくるのは兵士たちの話し声だけだった。狭い浴室と小さな戸棚の確認も数秒のうちに完了した。兵士のひとりが部屋を出てきた。「船室の安全確保。彼らはここにいません」

ウェンが室内にはいり、船長もつづいた。船室はひどい散らかりようだった。調度は倒れ、慌てて中身を出したと思われる二個の背嚢《はいのう》のそばに衣服とブーツが放り出されていた。

寝台の枠に細い黒い索が縛りつけてあった。索は船室の奥から窓へ延び、穏やかな微風に揺れる紗《しゃ》のカーテンの下に消えていた。

ウェンは細い索をたどった。カーテンを引きあけると、内窓の枠がひしゃげて無理にこじあけられていた。

船長は損傷を調べた。「この窓は八インチしか開きません」

「それでは足りなかったらしいな」とウェンは言った。

船長は窓外を見た。索は舷側を伝い、港の黒い水中に没していた。何が起きたかは一目瞭然《いちもくりょうぜん》だった。

「彼らは水のなかだ」とウェンは士官たちに言った。「船を出して捜せ。大至急！」

「岸までは一マイルもあります」と士官のひとりが応じた。「流れは速く、この時季の水は氷のようです。泳ごうとしたら間違いなく溺死します」

ウェンは首を振った。「このアメリカ人たちはＮＵＭＡの人間だ。潜水の訓練を積んだ熟練の泳ぎ手だ。小型の酸素吸入器とか酸素ボンベといった器材を持っているやもしれん。過小評価は禁物だ。警察に沿岸警備をさせるだけでなく、徴発可能な船はすべて捜索に参加させろ」

船長が見守るなか、ひとりの士官が無線機を口もとに引き寄せて命令を伝えた。その間にウェン・リーはいま一度船室を見まわし、背嚢をざっと調べた。そして何も言わずに部屋を出ていった。

兵士たちもその後を追い、船長は特別室にひとり残された。

彼はふたたび窓外に目をやった。人が泳いでいる様子はなかったが、フェリーの反対側から巡視艇の音が近づいてきた。

アメリカの工作員。訓練を積んだ潜水士。船に乗りこんできた党の高官。

こんなに興奮するのは久しぶりだった。何が起きているんだと昂る気持ちで思ったが、詮索《せんさく》するのはやめにした。知らずにいたほうがいいこともある。

27

ガメーは舷側に打ちつける水の音に耳をすました。励ますようにくりかえされるその音は、ほどなく巡視艇のエンジンの咆哮《ほうこう》に掻き消された。巡視艇は高速でフェリーの船首を回って右舷沿いを進み、夫妻の船室から垂れさがるケーブルに近づくとようやく減速した。

そのはるか上方で、ガメーはにやにやしていた。「かなり洒落《しゃれ》た思いつきね、窓からケーブルを垂らして船を脱出したと思わせるなんて。むこうはいまごろ、岸に向かって泳ぐわたしたちを捜してるわ」

長さが数百フィートもある太い錨鎖《びょうさ》の格納庫は窮屈で油臭く、閉所恐怖でも起こしかねない。くつろげるどころではないが、隠れるには申し分のない場所だった。

「できれば貨物室がよかったけど」とポールは言った。「兵士を見て考えが変わったんだ」

貨物室の前方で辛くも兵士の一隊を避けたのち、第二の部隊まで目にしたことで、ふたりは計画を変更した。

前進して錨鎖庫のハッチをこじあけ、その内部にはいりこんだ。ハッチを閉じるにあたっては、外から掛け金が下りないようにしておいた。

「最後の一手《ピエス・ドゥ・レジスタンス》はきみのお手柄だ。きみに言われなかったら、ブーツは履いたままだった」ポールは爪先を大げさに動かしてみせた。

部屋にブーツとバックパック、その他の荷物を残していこうと提案したのはガメーだった。唯一ラップトップ・コンピュータだけは、ビニール袋に包んでポールのシャツの下にたくしこまれている。「荷物一式を持って泳ぐ人はいないわ。それでバレていたかもしれないし。とにかく、むこうが餌に食いついてくれてよかった」

「連中が何をしてるか見える?」とポールは訊いた。

ふたりの周囲を埋めつくす太い鎖の山は、錨鎖孔《ホースホール》と呼ばれる開口部から外に出ている。鎖と船体の隙間から右舷側のほぼ全体を望むことができた。「船尾に向かってる」とガメーは言った。「扇形船尾《ファンテイル》の下を調べてる」

しばらくして、巡視艇は船尾のむこうに消えた。すると第二のボート、第三のボートがフェリーに向かって走りだした。「援軍を要請したみたい」

その直後、遠くで発生した爆発音が船殻によってくぐもり、歪《ひず》んで聞こえた。爆音はその後も数回つづいたが、しだいに遠ざかっていった。その衝撃が金属に反響するたび、巨大な太鼓のなかにいるような気分になった。

「いったい何なの？」とガメーは訊ねた。

「探りを入れているんだ」とポールは答えた。「ダイナマイトか手榴弾を使って」

「わたしたちを吹き飛ばそうとして？」

ポールはうなずいた。「悪くない作戦だ。無防備なダイバーがいかに衝撃波に弱いかを考えれば」

一〇〇フィート離れて手榴弾が炸裂《さくれつ》しても、海水がその音とエネルギーを伝達して、ダイバーの鼓膜破裂や脳震盪《のうしんとう》を招くことがある。より近い距離では即死という場合もある。

爆発はその後二〇分間、散発的につづいた。あるいはもっと長かったかもしれないが、フェリーのエンジンが息を吹きかえすと、船外の音はすべて呑みこまれた。

ほどなく大型船は動きだした。「ついにこのフェリーを接岸させる気になったのね」

「日本に帰ってくれるとありがたいな」とポールは言った。「宿泊設備のことを考えても。しかし、ぼくらにそこまでのツキはない。ま、船は接岸するだろう。すると彼らは税関に多くの人員を配置して、乗客を下船させ、そのなかにぼくらを見つけようとする」

「で、わたしたちが列に並んでないって気づいたら？　それかあのいい加減な水中爆破で、海に死体が浮かんでないって気づいたら？」

「いま一度船内を捜索する。そうなると、ぼくらはフェリーが大阪に引きかえすまで数日——検疫がはいればそれ以上——ここに留まるか、こっそり船を降りる方法を考え出すか、ふたつにひとつだ」

「新鮮な空気に一票」とガメーが言った。「桟橋に係留するだけなんでしょうけど、そこの錨《いかり》を下ろすのなら、ここにはいたくない」

「なにしろものすごい音がするし、危険だからな。貨物室の捜索はもうすんでるし。あっちにもどって、身を隠せそうなコンテナを探したらどうかな」

「名案ね。先導して」

二〇分後、錨鎖庫から貨物デッキへ移動したふたりは、米袋が四分の三ほど積みあがった未施錠のコンテナを見つけた。

米袋の山によじのぼるといくつか袋を動かし、コンテナの天井まで届いて見えるように米袋の壁を立てた。呼吸には問題なかった。結露によって品質が落ちない工夫で、米の輸送には充分な換気がおこなわれていた。

やがてフェリーが接岸すると、人足が乗船して積み荷を降ろしはじめた。作業には数時間を要した。ふたりが隠れたコンテナは途中で一度扉が開閉され、その後、平台に積まれて船から降ろされた。

すべての動きが止まったのは、ガメーの概算で約一〇マイル移動した地点だった。

「倉庫に納まったみたい」

ふたりは耳をそばだてたが、なにも聞こえてこない。

「現在地を割り出しましょう」

ポールは率先して米袋の上をコンテナの隅まで這っていき、換気用のスリットから外をうかがった。「倉庫だな。コンテナがあるだけで、ほかになにも見えない」

「まわりが静かなうちに動いたほうがよさそう」

重い袋を脇に寄せ、わずかに扉を開いた。倉庫内は暗く、人の気配はなかった。

「問題なしね」とガメーが言った。「アメリカ領事館をめざしましょう。見つからずにたどり着いたらこの情報をワシントンに送って、生きてここから出られる」

28

日本の山地

ナガノ警視は、コインに仕込んだ追跡装置をたよりに〈牛鬼〉を追っていた。携帯電話の周波数帯に、三〇秒に一度だけ信号が送られるという独創的な電子設計のおかげで、コインの所持者に気づかれるおそれはまずなかった。

距離があるときには、信号は全国規模の通信網を経由して送られてきたが、すでに接近したいまは、コインから発信されるＧＰＳ座標を専用受信機で読み取っていた。

信号に導かれて東京を離れたナガノは、曲がりくねった山道にはいった。殺し屋がガソリンスタンドでトイレに向かった隙に、ナガノは相手の車のバンパー下に第二の発信機を取り付けた。〈鬼〉がコインを使うか失《な》くすかした場合に備えてのことだった。

発信機を二個設置したあとは、相手に覚《さと》られないよう距離を置きながら逮捕の機会をうかがった。

なぜか〈牛鬼〉は富士山麓の丘陵を登りつづけると、めだたない脇道にはいり、一時間後にようやく車を停めた。

ナガノは衛星画像を確かめた。木々の生い茂る山の斜面以外、目につくものはなかった。黄色いアイコンが、森に隠れた小さな宿屋の存在を示していた。そこはミネラルをふくむお湯が湧き出す天然の温泉場だった。近くには神社もあった。

ナガノはゲストハウスを通り過ぎ、数マイル走って車を停めた。二個の発信機からの信号に変化がなく三〇分が経過すると、彼は来た道を引きかえし、慎重に温泉宿まで近づいていった。

〈牛鬼〉の車は、ほかの二〇台とともに駐車場にあった。宿の混みように驚きはなかった。温泉と神社は多くの人が訪れる人気の場所である。年間の来訪者が数百万にのぼるところもある。とはいえ、ここに鎮座するのは小さく、あまり知られていない神社なのだ。

コンピュータから得た情報によると一般公開もされていない。総じて、〈牛鬼〉が立ち寄るには意外な場所だった。

〈牛鬼〉がここで車を乗り換えた可能性を考え、ナガノは最初の発信機の位置を確認した。コインからの信号は宿のなかから送られてきていた。

〈牛鬼〉が屋内にいると確信したナガノは、最も信頼できる部下に電話を入れた。

「〈鬼〉を追って山中の神社まで来た。有能な部下二名をよこしてくれ。今夜、やつを押さえる」

すぐに援軍が来るとわかると、ナガノはネクタイをゆるめて待った。

〈牛鬼〉は小さな部屋の壁に身体を押しつけ、カーテンと窓枠のわずかな隙間から外を覗いた。駐車場や道路に動きがないと見て取ると、カーテンをもどして窓際を離れた。

小さなケースを開いて投げナイフを二本出し、だぶついた上着に忍ばせた。そしてケースを閉じ、時間を確かめて部屋を出た。時間はあった。たっぷりある。

宿を出て、細い小道を歩いて温泉に向かった。全裸になってまず湯を浴び、それから泡を立てる天然の湯に身を沈めた。湯船を囲む濡れた黒い岩にもたれると、しだいに湯気に包まれ、湯船の先がおぼろにかすんでいった。

数分もしたころ、小道をやってくる人影があり、湯気のむこうから姿を現わした。

白装束に烏帽子《えぼし》といわれる風変わりな形の黒い帽子をかぶっていた。

「神職」と〈鬼〉は呼びかけた。「もう来ないのかと思いはじめてたところさ」

神職は〈鬼〉の派手な刺青を見つめていた。「連絡をくださったのはあなたですか？」

「ああ」と〈鬼〉は答えた。

「お祓《はら》いを、とのことでしたね」神職は確かめた。

「おれほどそいつが必要なやつはいないだろう？」

神職はうなずいた。「あなたを導くのが私の務めです」

「もう身体は清めた」と〈牛鬼〉は言った。「つぎは何をすればいい？」

「浴衣《ゆかた》を着てついてきなさい。案内します」

〈牛鬼〉は湯から上がると、浴衣を着てスリッパを履いた。そしてたたんだ服を小脇に抱え、宿から離れて森の奥の神社へと至る小道を神職について歩きだした。

丈の高い竹林のなかを半マイルも進むと、赤い門がつづく場所に来た。鳥居と呼ばれるその門は、伝統の朱色に塗られた柱が垂直に二本立ち、その上に両端が反った黒い横木が渡されている。横木に吊るされた灯籠が、その揺れる明かりで道を照らしていた。

最初の鳥居をくぐると、つぎの鳥居、またつぎとつづいていく。古びて朽ちかけたものも、より新しいものもある。その柱には幸運を祈願して奉納した家族の名が刻まれていた。

「この社を徳川家が支えてたっていうのは本当なのか？」と〈牛鬼〉は訊いた。

「徳川？」と神職は言った。「いえ、それは伝説にすぎません」

丘を登りきると道は平坦《へいたん》になった。最後の鳥居をくぐると、その先が神社の拝殿――祭壇がある小さな建物だった。傍らに水槽があり、動物の石像二体が参道を守っている。

〈牛鬼〉は拝殿に向かおうとした。

「まずは清めて」と神職が言った。

指図をされた〈牛鬼〉は苛ついた。「言ったろう、もう身は清めたって」

「手を洗いなさい」

〈牛鬼〉はしぶしぶ服を横に置くと、滴り落ちる水を手に受けた。温泉とは対照的に冷たかった。

両手を引いて水気を払い、神職を睨みつけた。「賽銭《さいせん》を持ってきた」

「口もすすぎなさい」

神職の要求を無視した〈牛鬼〉は、ハンに渡されたカジノのマーカーチップを取り出した。換金をしなかったのだ。

「それは?」と神職が訊ねた。

「前世のおれの形見だ」

神職は厳しい目をして、不機嫌な校長のように〈鬼〉を睨《ね》めまわした。「あなたの過去は罪人だ」

未来のおれもな、と〈牛鬼〉は心のなかで言った。「おれはいまの自分を棄てて、新しい誰かになりたいんだ。あんたはそのためにここにいるんじゃないのか?」

「おっしゃるとおり」神職はそう言って柄杓《ひしゃく》を取り、水を汲んで〈鬼〉に渡した。「でも、口をすすぎなさい。必要なことです」

役を演じるのはもうたくさんだった。〈牛鬼〉はうんざりして柄杓を投げ棄てると、老人に近づいてゆったりした装束をつかんだ。

「あなたは悪霊に取り憑かれている」と神職は言った。

「きさまに何がわかる」と〈牛鬼〉は呻くように言った。「早く先を案内しろ。徳川家から預かったブツを見せてもらおうじゃないか」

神職は身をもがいたが、その非力が〈牛鬼〉に通じるはずもなかった。「見せるものなどない」神職は声を絞り出した。「罪人が盗むようなものはなにもない。あるのは、あなたが拒もうとする叡智《えいち》だけだ」

「そいつはおれが決めることだ」

逃れようとする神職を、〈牛鬼〉は水槽に叩きつけた。そして、ぐったりした相手の襟元を開いた。神職は首から鍵を何本もぶらさげていた。

〈鬼〉が鍵をつかんで引っぱると、首に掛けていた鎖がちぎれた。

神職は悲鳴をあげたが、その口をふさいだ〈牛鬼〉は、腕をさっとひねって相手の首を折った。

死体を地面に放ると、〈牛鬼〉は周囲を見まわした。冷たい風が竹藪《たけやぶ》を鳴らしていたが、それを除けば森は静まりかえっている。

誰もいないのを確信すると、〈鬼〉は浴衣を脱ぎ、神職の衣を奪って羽織った。死んだ神職よりはるかに大きな図体《ずうたい》に衣が貼りついた。風変わりな帽子はどうやってもうまく頭に載らず、仕方なく顎の下の紐《ひも》をずらして傾いたままにした。

拝殿から離れるまえに、裸の神職を水槽に落とした。「自分の身を清めろよ、神職」

第一の犯行の証拠を隠すと、〈鬼〉は真鍮のマーカーを拝殿に向かって投げた。たたんだ自分の服をかき集め、奥の寝所へつづく道を歩いていった。

白いヴァンが隣りに停まるのを見て、ナガノ警視は喜んだ。ナガノが誰より信頼する警部補と私服の巡査二名が降りてきた。

「やつはまだここですか？」と警部補が訊ねた。

ナガノは山の斜面を指さした。「神社に登っていった」

警部補は怪訝な顔をした。「〈牛鬼〉みたいな野郎が、神社に何の用です？」

「赦《ゆる》しを求めてるってわけじゃないだろう」とナガノは言った。

「本人に間違いないんですか？」

「二度見た。ザバーラから聞いたとおりの人相だ。生け捕りにしたい。できれば市民がいない森のなかで」

警部補はうなずいた。拳銃のほかに携行していたのはいわゆるショックスティック——長い棒の先に高出力のテーザーを取り付けたもので、群衆整理では非常に有用性が高い。巡査二名が持っていたのはヘックラー＆コッホの短機関銃で、これはかの有名なＭＰ５の模造品だが、銃身がさらに短く接近戦で優れた性能を発揮するという特徴がある。

ナガノは自身の拳銃を抜いた。待ちくたびれていた。「行くぞ」

彼らは音をたてず、足早に人のいない温泉を過ぎ、竹林の間の小道を登って鳥居がつづくあたりまで行った。何事もなく神社まで達すると、そこで見つけたのは、雑に丸めて社殿の軒下に押しこまれた宿の浴衣だけだった。

「やつが着ていたものだ」とナガノは言った。「自分の服に着換えたんだろう」

「これを見てください」手水舎《ちょうずや》のそばで、ひとりが声をあげた。

そこに駆けつけたナガノは、ふたりの巡査と清めの水から神職の死体を引きあげた。

「これで、われわれが追っているのがあの悪魔だということに、疑問の余地はなくなった」

「信号はまだ受信できていますか？」と警部補が訊ねた。

ナガノはタブレットの画面を確かめた。彼らがいる山中は携帯電話の圏外だったが、追跡装置付きのコインの位置は直接捜索モードで特定できた。「境内にいる」

先を急いだ四人が行き着いた寝所は、扉がすこしあいていた。そこで蠟燭《ろうそく》の炎が揺れていた。石炉に小さな火が燃えていたが、〈牛鬼〉の姿はなかった。それを言えば誰の気配もない。

「いやな感じですね」と警部補が言った。「静かすぎる」

「神職たちはどこです？」と巡査のひとりが訊いた。

ナガノには答えようがなかった。小さな神社はわずかな人数で守られていることもあれば、無人で放置されている場合もある。しかし、この寝所と蠟燭の灯《あか》りが人の存在を示していた。ナガノは銃の安全装置をはずした。「最悪の事態を想定するしかないな」

警部補はうなずいた。「どっちに行きます？」

ナガノは受信装置を見た。赤い輝点は一カ所で動かず点滅していた。「奥にいる。行くぞ」

廊下を進んでいくとまたひとり、神職の死体があった。戸のすぐ内側で、血溜まりのなかに倒れていた。その隣りの間でも三人が死んでいた。さらにふたつの死体と荒らされた部屋が発見され、もはや〈牛鬼〉が大量虐殺におよんだことは明白だった。

ナガノは足を止め、首を切るしぐさを見せた。〈牛鬼〉を生け捕りにするという考えは失せていた。見つけしだい撃つ。生きていれば、それはそれ。命がなければ……やつの自業自得なのだ。

ナガノはじわじわ前進した。廊下の突き当たりに近づいていた。タブレットの画面上で点滅する光は、〈牛鬼〉が左手の部屋にいると告げている。

そこで初めて、ナガノは気配を感じた。身を引き締め、深呼吸をひとつして飛び出し、扉を蹴りあけた。

黒ずくめの男が机に突っ伏していた。ナガノは銃を構えて撃とうとしたそのとき、男が振りかえった。その顔は殺し屋ではなく別の老神職のそれだった。

神職は電気コードで椅子に縛りつけられていた。机にはたたまれた白い服が置かれ、その上に、中心に穴があいた小さな円形の物体が載っていた。追跡装置を埋めたコイン。

気づくのが遅すぎた。背後から聞こえてきた絶叫がそれを裏づけていた。

振り向いた瞬間、一閃した剣が警部補の首を刎《は》ね、巡査のひとりの片腕を飛ばすのが見えた。

もうひとりの巡査は、すでに背中にナイフが突き刺さった状態で倒れていた。

ナガノが撃った一発は的をはずし、壁に埋もれた。二発めを撃つ間もなく、刃が拳銃の側面を叩いていた。銃は切られたナガノの指先から離れ、部屋のむこうまで飛んでいった。

ナガノは身を躍らせ、右手で銃をつかもうとしたが〈牛鬼〉に先を越された。肋骨を蹴られて転がったナガノは、机を背に古代の刀剣の切っ先を首に押し当てられていた。

悪魔に見入られたナガノは進退窮まった。いまにも刺されると観念したが、〈牛鬼〉は昆虫採集の見本を目の前にしたように笑った。

「捜しものはこれか?」〈牛鬼〉はそう言って追跡装置のコインを取りあげた。

ナガノは答えなかった。出血を手で抑えながら、拳銃を取りもどす方法を必死で考えた。だが現実はというと、ほんのすこしでも動けば喉の皮膚が裂けるのだ。

〈牛鬼〉が刀をわずかにひねると、ナガノの首に血が筋を引いた。「おれが尾行に気づかないとでも思ったのか? 峠道で気づいたよ。ガソリンスタンドで追いつくのを待って、おまえがこっちの車にビーコンを付けるのを見た。だいたい、なんで尾行されたのか不思議だったんだけどな。おかげで、おまえのコインを見破ることができた」

〈牛鬼〉はしゃべりながらコインを掲げてみせた。「そっくりだ。ほんとによく似せてある。けど、本物ほど重くない」

投げたコインがナガノの顔に当たった。

「さっさと殺せ」とナガノは言った。「どうせおまえは助からない。おまえは宮司と警官を惨殺した。この先、隠れるところなんかないぞ。面が割れてるんだからな」

〈牛鬼〉は相手を斬らずに、しゃがんでショックスティックを拾いあげると、空いた手でその重さを確かめた。「おまえのざまを見たら、みんなおれのことは諦《あきら》めるだろう」

そう言うと、〈牛鬼〉はショックスティックをナガノの胸に押しつけ、強力な電流を送りこんだ。第二、第三の波。ナガノには、そのたび起きる痙攣と苦痛に耐えることしかできなかった。

何分か持ちこたえたのち、ナガノの世界は慈悲深く溶暗していった。

29

長崎

日本の西端に位置する長崎の街は、海と山に挟まれている。外に向けて拡大する余地がなく、近隣地域は山側に広がり、狭い湾をはさんでそれぞれが向きあう格好になっている。

そんな地形が長崎に、サンフランシスコを思わせるこぢんまりした旧世界の風情をあたえていた。その趣きをさらに深めるのが、港の賑《にぎ》わいとふたつの地域をつなぐ吊り橋である。

オースチンとザバーラ、そしてアキコはケンゾウのコレクションだった一台を駆って長崎市にやってきた。一九七二年製のスカイラインGT - R。この島国で生産された初の本格的コレクターズカーといわれる4ドアセダンである。とはいえ、ベントレーに較べると、さすがに貧相な部分があった。

「われわれの車の評価基準がおかしな方向に行ってるって思われそうだけど」と後部座席からザバーラが言った。「おれはベントレーよりこっちのほうが好きだな」

助手席のアキコがザバーラに振りかえった。「褒《ほ》めてもらえてうれしい。これはわたしがケンゾウ先生のためにレストアした最初の車なの。愛情をこめて取り組んだわ」

「古風で攻撃的なライン」とザバーラ。「まさに好みなんだ」

オースチンは目を丸くして橋へつづくランプにはいった。「レンタカーで良かったのかもしれない。もっとましなヒーターがついてたはずだ」

アキコは首を振った。「レンタカーは自動化されすぎてるわ。知ってるでしょう、無線自動識別《RFID》タグと、衛星無線受信機からの信号で所在地を追跡されるの。〈ロージャック〉なんかの追跡装置も必要ないし。それに新型車には遠隔操作機能があるのが多くて、コンピュータ端末からいつでも好きなときにエンジンを切れるから」

オースチンは頬をゆるめた。陰謀論者の話にはどこか心を和ませるものがある。

「ルディがカードの支払いをつづけてるうちは大丈夫さ。いずれにしても、ぼくらは誰かにこっそり忍び寄ろうとしているわけじゃない。全体のプランとしては、まずウォルター・ハンに面と向かって話をすることだ」

「で、どうやってそれを実現する？」とザバーラが訊ねた。

「本人のそばまで行って協力を求める」

オースチンはその先を言わなかった。車は長崎湾に架かる女神大橋を渡り、埠頭《ふとう》に広がる施設をめざした。ざっと一〇〇エーカーを占める煌びやかな施設群は、工場というより文明社会が誇る未来の本拠地という感じがあった。幾何学的なアレンジが施されたコンクリートの建物が、大学のキャンパス風に配置されている。建物の間の空間は彫刻庭園になっていて、遊歩道があり、細い水路に水がゆるやかに流れていた。施設の裏手に見えるのは自動運転車のテストコースで、海岸沿いにはそこまでのカーブの連続を埋めあわせる長い直線コースがつづく。

「これがハンの新しい施設か」とオースチンは言った。「ハンの会社が所有し、運営している〈チャイナ《C》・ニッポン《N》・ロボティクス《R》〉、財力のある日本の投資家グループと共同で設立したジョイントベンチャーだ。正式にはきょうが創業日で、ふたつの大きなセレモニーの最初のひとつがおこなわれる。日本の総理大臣、長崎市長のほかに国会議員数名が出席して、それぞれ短いスピーチをすることになってる。といっても政治家のことだから、長々しゃべるんだろうな」

「リボンをカットするのにはるばるやってくるんだろう?」とザバーラが言った。「目的はほかにもあるのさ。明日は日中間の協力協定の調印式がある。この工場ではなく〈友好館〉で。これもハンの資金で建てられた施設だ」

「カーネギーいわく、いかにして友を得て国を動かすか」

「そのとおりだ。しかし、そのおかげでこっちには目につかず動ける機会がめぐってくる。このイベントは見本市のように開催されて、どっちの式典も一般に公開される。つまり、われわれにもね」

狭い道を抜けて敷地にはいると地下駐車場へ案内された。駐《と》めた車を降りた三人はエスカレーターに乗り、喧騒のなかに踏みこんだ。

周囲の照明が一斉に点灯した。方々で小さな機械が動きまわり、霧のベールに映し出されたホログラムの顔が挨拶をよこした。「未来はみなさんが考えるより近くに……」と録音された声が語りだした。

前方ではネオンが輝き、ビートの効いた音楽が鳴って、クラブに迷いこんだ気分にさせられた。壁から人工の腕が伸びてきて、爪にマニキュアまで塗った手で握手を求められた。

アキコは頭を振りながら「悪夢よ」と日本語でつぶやいた。「ダンテの第七の地獄みたい」

オースチンはアキコの態度が気になった。そこに見えたのは恐怖でも不安でもない、信心深い者がソドムとゴモラに向かっていくときのような、諦めと嫌悪が入り混じったようなものだった。「これを教育的な機会と捉えたらどうかな。少なくとも、きみたちが何を失いかけてるかがわかる」

「それか、何から逃げ出そうとしてるか」

受付でバッジを受け取り、言語に対応したヘッドセットを渡された。多様なブースや展示に近づくたび、ヘッドセットから録音された音声による解説が聞こえてきた。

最初のブースでは産業全般に関する展示がおこなわれていた。「ロボット技術が発達すれば、人間はわずらわしい作業をする必要がなくなります」と音声が流れた。「今後一〇年以内に、退屈な長距離運転や倉庫での過酷な作業、荷物の配送やごみ収集は当社のロボット技術によって引き継がれていきます。道路の建設も大型機械による自動化が進み、大きな負担から人類を解放するでしょう」

「そして経営者は給料の支払いから解放される」とザバーラが言った。

「自動化のファンじゃなかったのか？」とオースチンはからかった。

「おれを時代遅れにするやつは認めない」

「わたしと同じ考え方よ」とアキコが言った。

三人は人が集まる別のセクションに移動した。「それではヒューマン・アシスタンス・モデルの最新機種〈HAM9X〉をご紹介します」

点灯した照明のなかに、メイド服を着た女性の人形が現われた。顔は柔らかくリアルだが、表情があるとは言えなかった。目は明るく、濃い紫色の唇はしなやかだった。「わたしの名前はナイ・ネックス」ロボットが唇を動かしてしゃべった。さらにウィンクをして男性客を喜ばせた。「わたしがここにいるのは、あなたの要望にお応えするためです」

オースチンはその声の人間らしさに驚いた。あらかじめ録音された音声やコンピュータの発声とは思えなかった。近づいて観察していると、ロボットは模造キッチンで皿を洗って拭き、袋から食料品を取り出してそれぞれの場所に片づけた。その後はまったくこぼすことなく豆を挽《ひ》き、ポットにコーヒーを淹れた。

「ガールフレンドがいないときの対策が見つかったな」とオースチンはザバーラに言った。

アキコに横目で睨まれて、ザバーラは首を振って激しく抗議した。「おれが好きなのは機械をいじることだから。機械とのデートには興味ない」

「立派な心がけね」アキコの声音には皮肉がにじんでいた。「いまにどんなことも人の手が要らなくなるわ。みんな機械の召使いに囲まれて、ひとりきりで生きていける」

「おれはちがうな」ザバーラは言った。「人間味ってやつが好きなんだ」

オースチンは思わず吹き出した。こんなにムキになるザバーラは見たことがない。そして時計を見た。「ハンのスピーチを聞くなら式典に向かわないと」

三人はいくつかの興味深い展示を素通りして大ホールへ向かった。ホールでは立ち見だった。壇上のウォルター・ハンは、ロボット工学ではなく日中の協力機会について語っていた。

「アジアの二大勢力は今世紀、世界を変えていくでしょう。しかし、まずはわれわれの関係性を変える必要があります。過去を忘れる必要がある。前世紀の過ちは歴史に委ね、未来を狂わせないようにしなければ」

「南シナ海の緊張や尖閣《せんかく》諸島をめぐる争いを考えると、興味の尽きない話だな」とザバーラが指摘した。

やがてハンはそこにふれた。「中国政府は現在、難航するいくつかの懸案に終止符を打とうと動いております。問題の島々については、日本に支配権を授与する新たな提案を用意しているところです。協力関係によって偉大なる両国に大きな恩恵がもたらされるのであれば、もはや些細なことで争いをしている場合ではありません」

拍手喝采《かっさい》が沸き起こった。

「全権を掌握《しょうあく》しているみたいな口ぶりね」とアキコが言った。

「ナガノの話では、大使に準ずる地位にあるらしい」

「でも、彼の言葉の選び方に気づいた？　自分たちの島の支配権を日本に授与するって」アキコは憤っていた。「傲慢《ごうまん》があふれ出てるわ」

オースチンは反論せず、ハンのほうを向いて話に耳を傾けた。やがてスピーチは終わり、リボンカットがおこなわれた。〈チャイナ・ニッポン・ロボティクス〉は正式に発足し、祝典がはじまった。

政治家たちがその場を去り――警護チームによって壇上から追い立てられていったが、ハンは歓迎ムードの漂う聴衆の間を歩きながら、ときに足を止めては人々と言葉を交わしていた。

「自己紹介に行く時間だ」とオースチンは言った。

ザバーラは脇に退いた。「ホールの外で会おう。幸運を祈る」

ホールが閑散としていくなかを、オースチンは通路を進んだ。ハンはあちこちで引き留められ、その場から去りづらくなっていた。やがて握手や会話がぞんざいなものになった。ある男を作り笑顔と会釈で軽くあしらい、歩きだそうとしたハンの行く手に立ちふさがったのがオースチンだった。

「ウォルター・ハン」オースチンは片手を差し出した。「つかまえられてよかった。何はともあれ、見事なスピーチでした」

ハンの顔は仮面のごとく胸の内を覗かせることはなかったが、ほんの一瞬、そこに当惑の表情がよぎった。「失礼ですが、どこかでお会いしましたか？」

「個人的には一度も」とオースチンは言った。「私はオースチン。カート・オースチン。ワシントンDCに本部を置くNUMA——国立海中海洋機関の特別任務部門を率いる者です。直接お目にかかったことはないが、私というか、私の技術スタッフがあなたの事業の大ファンなんでね」

苛立ちが垣間見えていたハンの物腰が温厚なものに変わった。「それは具体的には？」

オースチンは役になりきった。「われわれがおこなう深海の作業に、ロボットや自動運転機器を使うことが増えてきました。いまも東シナ海で観測された異常現象について、重要な探査をおこなう準備を進めている最中です」

東シナ海のことで鎌《かま》をかけてみたが、なにも出てこなかった。ハンは無言と無表情を貫いた。

「NUMAのように名高い機関と手を組めるのは、〈チャイナ・ニッポン・ロボティクス〉にとって栄誉なことですよ」とハンは応じた。「実際、私たちのところにはパイプラインの点検や深海での掘削用に設計した水中仕様のモデルがありますし、あなたがたのお役に立てるかもしれない。月曜日にオフィスへいらしてください。事業担当に引きあわせましょう」

「残念だが、月曜日では間に合わない。明日には作業を開始します。一刻を争う緊急事態と捉えているので」

「それほど急に？」ハンは大仰に眉根《まゆね》を寄せた。

「いまお話しした異常は本来、地質上のものです」とオースチンは説明した。「謎の地震がつづいている。この地域での津波その他の地殻変動がもたらす災害の歴史からみて、調査は遅らせるべきではないと感じています。言い換えれば、われわれはそこで何が起きているかを知る必要がある。今夜、話をする機会をもらえませんか？」

ハンはかぶりを振った。「それは無理だ。しかし、オフィスにあなたの連絡先を伝えておいてください。機会があればCNRは喜んで協力しましょう」

ハンはあらためてカートの手を握った。「幸運を祈ります。展示会を楽しんで。失礼」

そう言い残してハンは離れていった。部下を従えて通路を行き、廊下に消えた。

オースチンはそのままザバーラとアキコに合流した。

「それで?」とザバーラが訊ねた。「木を揺さぶったのか?」

「まあね」とオースチンは言った。「残念ながらオーク並みの木だ。まったく動じない」

「たっぷり持ちあげてやったんだろう?」

「これ以上やったら地均《じなら》しが必要なくらいにね」

「もしかして、ナガノ警視の言うとおりなのかも」とアキコが言った。「いまの木のたとえで言うなら、わたしたち、間違った木に向かって吠えてるんじゃないかしら」

オースチンに負けを認めるつもりはなかった。「時間をかけてみよう。もし首を突っ込んでるとしたら、いずれむこうは動いてくる」

「潔白だったら?」

「オフィスにもどって、会ったばかりのイカれたアメリカ人のことで大笑いするさ。で、こっちは一から出直しだ」

(上巻終わり)

◉訳者紹介　**土屋 晃（つちや　あきら）**
東京都生まれ。慶應義塾大学文学部卒業。翻訳家。訳書に、カッスラー&ブラウン『オシリスの呪いを打ち破れ』『粒子エネルギー兵器を破壊せよ』『気象兵器の嵐を打ち払え』『テスラの超兵器を粉砕せよ』『失踪船の亡霊を討て』『宇宙船〈ナイトホーク〉の行方を追え』、カッスラー『大追跡』、カッスラー&スコット『大破壊』『大諜報』（以上、扶桑社ミステリー）、ミッチェル『ジョー・グールドの秘密』（柏書房）、ディーヴァー『オクトーバー・リスト』（文春文庫）、トンプスン『漂泊者』（文遊社）など。

地球沈没を阻止せよ（上）

発行日　2023年4月10日　初版第1刷発行

著　者　クライブ・カッスラー&グラハム・ブラウン
訳　者　土屋 晃

発行者　小池英彦
発行所　株式会社 扶桑社

〒105-8070
東京都港区芝浦1-1-1　浜松町ビルディング
電話　03-6368-8870(編集)
　　　03-6368-8891(郵便室)
www.fusosha.co.jp

印刷・製本　株式会社 広済堂ネクスト

ISBN 978-4-594-09237-5　C0197